プラスマイナスゼロ

若竹七海

プラスマイナスゼロ

目　次

そして、彼女は言った

〜葉崎山高校の初夏〜

1

「で、どうすんのさ、あの死体」

　ユーリは真っ赤な足の爪をビーチサンダルの中でもじもじと動かしながら、真っ赤な唇を歪《ゆが》めてわたしに言った。

「こうなったら、もう、ほっとくってのがいちばん面白いんだけどさ。堅物《かたぶつ》テンコにひびが入るってのも悪い話じゃねーだろ。あいつは少し頭使いすぎなんだよ」

　そういうあんたは頭使わなすぎ、とツッコミかけて、わたしはため息をついた。

「でも、このままじゃテンコちゃん、病院送りになっちゃうよ」

「人生ベンキョーだよ、人生ベンキョー。『学問のできるえらーいひとよりも、なんにも知らぬ苦労したひと』って、三代目三遊亭金馬《さんゆうていきんば》も言ってたぜ」

　病気でもないのに隔離されちゃうってのは、人生勉強にしてもハードすぎる、とわたしは思った。同時にユーリも言いすぎたと思ったらしく、

「て言ってもなあ。あいつの神経じゃほんとに壊れかねねーよな。顔色だって最近じゃ、

青白いのを通り越して、透明になっちまってるし。そーだ、いいこと思いついた。ミサキ、おめー金持ってっか」

ユーリってば今度は拝み屋でも雇おうというのかしら。拝み屋さんっていったいいくらで雇えんのよ、と考えつつ、わたしは返事をした。

「千円なら」

「千円？　ふざっけんなよ。そんなんで焼き肉が食えるかよ」

「……なんで焼き肉なの」

「友だち甲斐のねーやつだな。体調が悪いときは肉を食えって、死んだじーちゃんが言ってたんだよ」

そういう問題じゃない、とふたたびツッコミかけたとき、遠くにテンコの姿が見えてきた。遠くからだと、ほっそりとして、小柄で、クラシックな感じのするご令嬢に見える。近くに寄ると、もっとそう見える。本日はまた、いちだんとその印象が強い。昭和のお嬢さまが高原に結核の療養にいらっしゃってるみたいだ。

背筋をぴんとはり、なおかつうつむくという、なかなか手の込んだ姿勢で山道を下りてこられたお嬢さまは、突然立ち止まり、額に手をかざして木漏《こも》れ日を見上げられた。大昔の日本映画に登場する女優さんみたいな、わたしはもちろん、ユーリになど絶対に真似のできない優雅なしぐさだった。

と、次の瞬間。

樹の上からものすごく大きな蛇が落ちてきて、テンコの顔にぶち当たった。

「ぎぃいいいいいっ」

テンコはけたたましい悲鳴をあげて蛇をひっつかみ、思い切り投げた。投げられた蛇はわたしたちの足下に飛んできた。わたしが飛びのくより早く、ユーリが顔色ひとつ変えずに崖めがけて蛇を蹴り飛ばした。気の毒な蛇はキックを受けて丸くなり、崖の下へと姿を消した。一瞬、あたりが静かになったが、ややあって崖下から激しい車の急ブレーキと、がしゃん、ぼん、どっかん、という破壊音が相次いで聞こえてきた。

わたしはケータイを取り出して警察に電話をかけた。

2

そもそもことの起こりは——いや。ことの起こりのそのまたことの起こりから説明しないと、きっとわかっちゃもらえないな。
わたしは神奈川県の葉崎《はざき》市に住んでいる。神奈川といってもへんぴもへんぴ、田舎《いなか》、いやど田舎。神奈川の盲腸と呼ぶひともいるほどだ。周辺の鎌倉《かまくら》、横須賀《よこすか》、藤沢《ふじさわ》が人を集めて大にぎわいをみせているのに、ここ葉崎だけは交通の便が悪いこともあって時代の波から完全に取り残されていた。

考えてもみてほしい。いまどきコンビニやファミレス、ファストフード店のない街なんて、日本国中探したって見あたらないでしょ。てゆーか、村にだってありそうなもんだ。あ、そういえば、コンビニはできた。三年前に。でもって、半年で潰れた。ファミレスもあった。駅前のホテルに入ったのだ。これも半年後、チェーン本体が倒産した。アメリカ発祥のフライドチキン屋も、道化師Dが盛り上げるハンバーガー屋も、日本を代表するどんぶり屋も、あるにはあるが、営業は夏場だけだ。

こんな場末の市に、葉崎東高校、葉崎西高校、それにわたしたちの通う葉崎山高校と、三つも高校があるのはなぜなのか、誰にも理由はわからない。景気のいいときも悪いときも、同じくらい市の財政はすっからかんであるうえに、生徒数は年々減る一方なんだから、この三つを統合しちゃいましょう、と毎年市議会で議論されるらしい。にもかかわらず、実現しないいまま何十年もたち、いまだに葉崎市には三つの高校があるというわけだ。

葉崎東高はこのなかでもっとも頭のいいひとたちが行く学校。西高は、葉崎のみならず神奈川中の大ばかもんが寄り集まる学校。そして葉崎山高は——これはちょっとばかり、説明がムズカシイのよね。

葉崎山高校は、その名の通り葉崎山のてっぺんに建っている。

どういうわけだか五十年前、葉崎ファームという牧場のオーナーが、葉崎山のてっぺんの一区画を葉崎市に寄贈した。寄贈の条件としてオーナーが提示したのが、公共の施設を作ること、というもの。それに従って市はいろいろと考えた。

図書館はどうだ、老人ホームはどんなもんか、幼稚園だ、公民館だ、とあれこれ案が出されたが、すべて却下された。徒歩で登るしかないからだ。葉崎ファームでは、牛の乳の出が悪くなるという理由で、車道を作るのを断固として拒否した。といって、ケーブルカーだのリフトだのを作る金はないし、歩いて登れる程度の山にいかになんでも大げさじゃあないか。

カンカンガクガクの議論の結果、だったら登れる体力のある人間が使う公共施設を作るしかない、ってことは、高校だな、というのが葉崎山高校創設の理由なんだそうだ。温暖な土地柄がノー天気な結果を生んだ、見本みたいなもんだわね。

実際、葉崎山は名前こそ山だけど、高さは二百メートルもない、丘に毛の生えたようなもの。『丘を登って山を下りてきたイギリス人』ってタイトルの映画を観たことがあるけど、なんか、登校するたんびにこの映画のことを思い出してしまう。なだらかな山の大部分は葉崎ファームの敷地になっていて、山道の片側は牛が草をはむ緑の牧草地帯、もう片側は手つかずの森。そこを登って校舎にたどりつくってわけ。

こう話すと、ひとにはけっこううらやましがられる。たしかに、のどかな田園のなかで、勉学に励めるって感じに聞こえちゃうかも。ただし、うらやましいと思うやつには、毎朝、牛の糞を踏まないように注意しながら、遅刻しないように山道をダッシュで登ってみろって言いたい。それに、蛇の攻撃を受ける覚悟もしといてもらいたい。

といっても、梢《こずえ》から蛇が落ちてくるなんて、空前にして絶後。まずないことなんだけどね、本来は。

葉崎山高校は、西と東の中間レベルの高校、ということになっている。東西があんまり極端すぎるもんだから、どんなレベルでも中間になっちゃうんじゃないかしらん、とわたしは思うのだけれど、だいたい生徒の取り方からして中間にならざるを得ない。高校受験時に、葉崎山高校を志望する生徒の数は少ない。ここに入ったとたんに、毎朝のクロスカントリー付きカントリーライフを三年間送ることになるわけだからね。なので、わたしのような例外は別として、たいてーはもっと開けた街の学校か、せめて東高に入りたいわ、とみんな思うってこと。

でも、まあ、お受験も時の運。受かるかどうかはそのときになってみないとわからない。で、よその学校からみごと滑り落ちた連中を、二次募集で優しく受けとめてあげるのが、わが葉崎山高校というわけだ。

このニジボ、はっきり言って応募さえすれば、定員をオーバーしていないかぎり、まず受かる。なので、成績優秀品行方正の天知《あまち》百合子《ゆりこ》さまことテンコと、成績最低品行下劣、極悪腕力娘と陰で噂される黒岩《くろいわ》有理《ゆり》ことユーリと、成績・運動能力・容姿・身長体重バストヒップはおろか靴のサイズまですべてが全国標準という、歩く平均値であるわたくし崎谷《さきや》美咲《みさき》が、同じ学校の同級生になってしまうという珍事が勃発する。

どう考えても西高で番を張ってそうな——って、いまだにいるんだよね、西高にはバンチョーとかいう生き物が——ユーリが、受験当日の朝、バスで痴漢にあって、そのおっさんを途中の停留所で引きずりおろし、火の出るような説教&拳固をくらわせてる間にまんまと遅刻し、ニジボでうちのガッコにやってきた、というのは、わたしの説明を聞けば誰もが納得できるでしょ。でも、地元中学でぶっちぎりのトップ、実家は超お金持ち、お兄さまもお姉さまも幼稚園から一流の私立校にお通いになってらっしゃるテンコお嬢さまが、なぜまた山高なのか。

テンコを知ってから、意外に神様って平等なのかもしれないわ、とわたしは思うようになった。美女で頭がよくて、弓に詩吟に薙刀《なぎなた》をたしなまれ、日舞は名取——というこのテンコ、なぜか、えらく、ものすごく、この世のものとも思えぬほど、運が悪いのだ。

某有名幼稚園のお受験の日の朝、テンコは飼い犬に手を噛まれた。小学校の受験の日、買ったばかりの外車が高速道路のど真ん中でエンストした。中学受験の前日、家族そろって食中毒で入院した。そして高校受験の日、大雪が降り電車が止まり、お車で受験校の正門前に到着あそばしたテンコさまは、車から降りる瞬間足を滑らせ、車道によろけ出たところを通りかかった車にはねとばされて、右手骨折右肩脱臼《だっきゅう》全治二ヶ月の大ケガを負った。この一件は首都圏の大雪を報じる全国ニュースでも紹介されたそうな。

　だからって実家は金持ちなんだから、寄付金を積めばもちっと手頃な私立に入れそうなもんだとわたしなんかは思うんだけど、たまたまケガ治療のため葉崎医大病院に入院中、うちのガッコの二次募集を知ったテンコは、これを天の思し召しと受け取ったらしい。ちなみにこいつの座右の銘は、「神は愛するものをこそ試練にあわせたもう」とかいうもので、不運な目にあえばあうほど、テンコは「わたしって神様に愛されているんですわ」と舞い上がることになっている。

　知り合って最初のうちは、正直言って、なんだこいつは、と思いましたよ、わたしも。ユーリみたいなタイプもびっくりだったけど、思考回路が単純な分、こっちはわかりや

すい。テンコが舞い上がるたび、

「おめーよ、たまには神様に文句言ったほうがいいんじゃねえのか。試練ってゆーか、たんなる嫌がらせだろーがよ」

と律儀にツッコむのはユーリくらいなものだ。最近ではわたしばかりでなく、クラスメートのほとんどが、テンコの不運にあきれもしなくなった。

受験の話だけじゃないのだ。どぶろく丸――葉崎ファームで飼っている、よだれまみれのオヤジ牛――に追いかけられるのは、赤が大好きで、髪まで真っ赤に染めてアンティークの郵便ポストみたいになっちゃってるユーリをさしおいて、テンコだ。でもって逃げる途中で必ず転ぶのだが、転んだ場所には牛の落とし物がこんもりと山になっている。またはウルシの木につっこむ。あるいは、学校一の石頭の教頭が、給食のおばさんと熱く語らってるまっただなかに飛び込んでしまう。

化学の実験でも調理実習でもガス爆発が起こる。窓を拭いているとボールが飛び込み、黒板を拭けば黒板が落下して下敷きになり、机を拭けば天板がはずれ、床を磨けばタイルごと滑って遠くまで持って行かれる。一度など、朝、校庭の中央に生えている樹齢七十年のソメイヨシノの幹に手をついて、たいへん優美に息を整えておられたところ、その桜がめきめきと音をたてて倒れてしまったときたもんだ。

念のために言っておくけど、これはテンコのせいで起こったわけではない。いや、マジで。ガス爆発だって桜だって、テンコがやったわけじゃない。桜の木の一件はわたしがこの目で見ていたことだから断言できるんだけど、テンコはあくまで幹に手をかけていただけ。押したわけでも体当たりしたわけでもない。

誰かに聞いた話なんだけど、「亀は千年生きる」と夜店のおっちゃんに言われて亀を買ったら三日で死んだもんで、おっちゃんに文句を言ったら「そりゃあ、昨日でちょうど千年目だったんだな」と言われたって——言いたいこと、わかる？　よりによって、テンコが手をかけた瞬間、桜の寿命が来たってことよ。これを不運と言わずになんと言おう。

まあ、こんな具合だから、テンコが死体を見つけちゃったときも、わたしたちは世間様が思うほどあわてふためいたりはしなかったのよね。

少なくとも、そのときは。

3

それはうららかな一日だった。五月の半ば、心地よく暖かく、梅雨入りもまだ先というサイコーの季節。わたし、ユーリ、それにテンコの三人は山を下りると、海沿いにある常設の海の家〈よしの屋〉で一服した。

わたしたち三人がなんとなくつるんでいるのを、誰もがけげんに思っているらしい。無理もない。わたしですら、ときどき不思議に思う。でも、あんま深くは考えない。考えたって答えなんか出てきそうもないからだ。

数学の清田《きよた》先生が、わたしたち三人を見て、「プラスとマイナスとゼロが歩いてら」と言ってたそうだけどね。おかしなことに、ユーリはこれを聞いていきなり清田びいきになった。自分がプラスだと信じ込んでるらしい。

とにかくその日、わたしたちは一日の学校生活でぼーっとなった頭を潮風にさらしながら、くだらないおしゃべりに興じていた。あとから考えてみると、この日、テンコは絶好調だった。そしてそれこそがまさに、不運の前兆だったのかもしれない。

「今日は無事にお掃除が終えられましたし」

テンコは無邪気に指を折った。

「先生がユーリめがけて投げたチョークが軌道をそれてわたしにあたったりもしませんでしたし、保健室でお薬の瓶《びん》を割ったりも、バスケットボールをパンクさせたりもしなかったし、どぶろく丸にも会わずにすみました。けっこうな一日でございました」

「ちょっと。バスケ部の連中が泣いてたのはテンコちゃんのせいだったの？」

「いえ、ですから、今日はボールは無事でした」

「昨日は？」

「昨日はひとつほど……」

「んじゃ、一昨日《おととい》は？」

「一昨日は三つばかり、立て続けに……。不運は試練ですから」

「そりゃテンコの試練じゃなくて、バスケ部の試練じゃねーかよ」

ユーリがツッコむと、テンコはかき氷を優雅に口に運ぶ手を止めて、美しく微笑《ほほえ》んだ。

「神はバスケ部を愛してらっしゃるようですわね」

「バスケ部のほうは神様を愛してねえようだけどよ」

このユーリのセリフは、ラーメンをすする合間に発せられたため、幸いテンコの耳には届かなかった。見ている側がほれぼれするほどすばらしいリズムでラーメンはユーリの真っ赤な唇に吸い込まれていき、あれよというまに姿を消した。テンコが言った。

「そんなに急いで召し上がると、おなかを壊します」

「心配しねえでも、アタシの腹はラーメンの一杯や二杯で壊れやしねえよ。駅前のジャンボ餃子《ぎょうざ》の大食いに挑戦したときだって、平気だったろうがよ。——おい、おっさん。

ラーメンの替え玉くれよ」

たしかに、餃子のあとも本人はけろりとしていた。翌日、ユーリが頻発するゲップのニンニク臭に耐えかねて、テンコが倒れたのだ。歴史は繰り返すっていうか、このときも同じ結果となった。帰り道、海岸通りからすいてる別荘地の小道へ入って三人で歩くうち、テンコが青くなってうずくまってしまった。どうやら、かき氷が原因らしい。

「ったく、おじょーさまはこれだから。おい、ミサキ。

「アスピリンとバンドエイドしかないよ」

「しょーがねーな。どっち飲む?」

「……えっ?」

「ト、トイレをご用意願えますでしょうか」

テンコはか細い声で答えた。わたしたちは困り果てて周囲を見回した。

そのあたりは別荘地で、ゴールデンウィークが終わり夏までには間があるという現在、ひとけも車の気配もなかった。どの家も雨戸を固く閉ざし、なかにはあからさまに空き家とわかる家もあった。

ユーリは周囲を見回すと、空き家を指さしてテンコに言った。

「幸いあたりに人影はない。かまわねえから、その家の庭先でやっちまえ」

「えーっ」

わたしはびっくり仰天したが、ユーリは鼻を鳴らし、

「しょーがねーだろ、緊急事態なんだからよ。ま、ひとさまの庭先で野グソってのはどうもぱっとしねえけど、あちらさんだってただで肥料をもらえんだから、悪い気はしねえんじゃねーか？」

そうかなあ、などと考え込んでいる猶予は確かになさそうだった。でなければ、わたしはあのとき猛反対をしてたはずだし、そうしてればよかったわけなんだけど、未来予測なんてもんはできっこないわけだし、こればっかりはしょーがねーな、だよね。おまけに門が「ようこそいらっしゃいませ」と言わんばかりに開けっ放しときたもんだ。

屋根は傾き、戸板は腐り始め、庭は草ぼうぼうだったけど、入口から少し奥に入ると、庭の奥は雑草が倒れ、ひとの出入りした気配があった。なんとなく臭くて、ひとさまの庭を汚すうしろめたさは誰の脳裏からも一気にかき消えた。ユーリが雑草の倒れたあたりを指さして言った。

「あそこらへんのな、雑草を少し持ち上げて、終わったらかぶせときゃわかんねえから。アタシらは門のとこにいるから、ゆっくりやってきな」

「お世話かけます」

いうなりテンコはものすごい勢いで庭に入っていった。ユーリは鞄から煙草《たばこ》を取り出して、一本わたしにくれた。

「武士の情けってやつだ。これでまかりまちがっても臭いはしねえ」

こいつ、ほんとは頭がいいんじゃないかと思えちゃうのは、こういうことがあるからだ。わたしとユーリはライターを手でおおい、火をつけ……。

「でええええっ」

不意にわき起こった悲鳴に、さしも慣れているわたしたちも、思わず煙草を飲み込みかけた。飛んでいくと、テンコはひとかたまりの雑草の束を食事中のパンダのような格好で抱えたまま、涙目でこちらを見た。

雑草の下に裸の女が横たわっていた。どう見ても、死んでいた。

へたりこみかけるテンコの手をつかみ、ユーリは脱兎のごとく隣家の庭をめざした。わたしはケータイを取り出して、警察にかけた。

そっからあと、かなりややこしくてめんどくさいことになったのは、言わなくたってわかるでしょ。

ので、そこいらへんははぶくとして、数日後に新聞に載った事実だけをご報告すると、

1．凶器は自動車である。
2．発見当時、死後半日以上が経過していた。
3．死体の身元は葉崎駅近くの市営団地に住む松原紀子《まつばらのりこ》という五十七歳の主婦であり、発見前夜の十一時半頃コンビニに酒を買いに行くと言って歩いて出かけたきり行方不明になっていた。

早い話が、どっかの誰かがこの松原っておばさんをひいちゃって、やばいってんで身ぐるみはいで、死体を空き家に投げ捨てて、雑草でおおって逃げたってことね。

「ひっでえことするやつがいるもんだよな。人間のするこっちゃねえぜ」

とはユーリの事件に対する感想で、これだけ聞いてればユーリもなかなかいいやつに聞こえるかもしれませんが、こいつはたいていのバッド・ニュースに同じコメントを発表するってことを、念のために申し添えておきます。

わたしたちの知ってるのは、この段階ではこの程度。あとはよく知らない。知る気もなかった。だって、しょせんは他人事だもん。

そりゃびっくりしたし、警察の事情聴取を受けたりなんかして興奮もしたし、十五分くらいは学校でも注目の的だったけど、それだけのことなんだよね。それに、ひとの不幸に赤の他人がどっぷり浸かるってのもかえって申し訳ないし、第一、若者の精神衛生上マズくないか？

でもまあ、その後は事件になどまったく関心がなかった、なあんて言ったら嘘になる。ね、事実の三項目見て、なにか気づかない？

そうなのよ。この被害者「コンビニに酒を買いに行く」って歩いて出かけたんだって。

前にも言ったけど、葉崎市にコンビニはございません。店構えが大手コンビニチェーンそっくりっていう酒屋ならあるけど、夜は九時に閉店しちゃうの。海岸道路まで出れば、深夜二時まで営業の巨大なリカーショップがあるんだけど、駅前から歩いて行くのはかなりたいへん。自転車でもそうとう、たいへん。バスはとっくに動いてないしね。

ヘンでしょ？

なんか事情があったのかもしんないけど、第一発見者とはいえ民間人の未成年者にはそんなことまでわかんない。でも、ヘンじゃない、ってユーリに話してみたら、

「ミサキ、おめー人間の足をなめてねえか？」

「は？」

「昔のひとは東京から京都まで歩いたってえじゃねえか。自分ちから海岸道路までくらい、歩こうと思や歩けんだよ。人間楽ばっかかしてっと、ダラクしちまうぞ」

そういう問題か、という返事がかえってきて、一方、テンコに言わせると、

「あの松原さんってかたが、どなたにそのことを言って出かけたのか、それがわからないことには。だってご家族も葉崎に住んでらっしゃるんですから、近所にコンビニがないことくらいご存じだったわけでしょう。なのに、一家の主婦が深夜にそんなこと言って——つまりあからさまに嘘ついて出ようとしたら、出かける前に大げんかになりますわ」

ふん、そりゃそうだ。わたしは感心した。数々の不運に見舞われ、そのたんびにとんまな姿をさらし、ユーリの言う「ひとさまの庭先で野グソ」ってのが死体発見の端緒だったってのが警察にばれて、テンコばかりか三人そろって説教をくらったりもして、かなりまぬけなところばかり見せられてるわけだけど、テンコの頭のできはやっぱ特上って感じ。

「それにさあ、コンビニってのがマジでコンビニだったかどうか、わかりゃしねえよ」

ユーリは風船ガムをぱんと割ると、

「うちのばーちゃんなんか、貼り薬をなんでも『サロンパス』って言うんだぜ。接着剤ならなんでも『糊《のり》』だしよ。あの死体の家じゃ、店屋をみんな『コンビニ』って呼んでたんじゃねーの」

説得力があるんだかないんだか、わかんない意見だったけど、このときはすんなり納得しちゃったんだよね、わたしも。ていうか、それ以上事件に首をつっこむ気もなかったから、それでおしまい。わたしたちの話題は学食の新メニューに移った。

　そして、その翌日。新聞に事件の犯人逮捕のニュースが載った。地元の事件ってこともあって、地方版には特にでっかく掲載されてた。犯人は、海岸道路を流してた地元の十八歳の若者三人で、例のリカーショップで酒買って、ぐびぐび飲みながら猛スピードで運転してた。で、死体の発見された別荘地の道に入った瞬間、松原紀子をひいちゃった。

　マズイってんで彼女をあの空き家の庭にかつぎこんで、ばれちゃ困るから身元がわかんないように裸にして、雑草かぶせて逃げたんだってさ。でも結局、死体やその周辺、それに別荘地の小道の入口なんかに車のガラスとか塗料とかが残ってたのと、翌日車を修理工場に持っていったことなんかで、あっという間に犯人が割れたってわけ。悪いことはできないよね。

　放置して逃げたとき、被害者にはまだ息があったそうで、自供しながら犯人たちは泣いてたそうだけど、このときばかりはユーリの、

「ひっでえことするやつがいるもんだよな。人間のすることっちゃねえぜ」

　ってコメント、まさにそのとおりでございますって感じだったね。いまさら泣いてど

うするよ。

これにて一件落着。のはずだった。でも、こいつがなんと、「ことの起こり」だったんだわ。

4

犯人逮捕の翌日、テンコが遅刻した。

よくあることだし、いったいけさはどんな不運に見舞われたのかいな、とわたしものんきにかまえてた。その日はユーリも遅刻。こっちもよくある話、っていうか、うちのガッコで遅刻したことのない人間は教師をふくめて皆無といっていい。石頭の教頭ですら、登校途中に木の根にけつまずいて転び、すさまじい形相で足を引きずりながらやっとのことで校門にたどり着いた瞬間、時間切れ。めでたく遅刻してしまって、以来、「理由はどうあれ、遅刻は絶対に許されません」

なんて寝言は言わなくなったくらいだもの。

一時限目を半分以上すぎてから現れたテンコは、だけど、どうも様子がおかしかった。ずっと涙目。美女が目をうるうるさせてるもんだから、注目の的。わたしやユーリが同じようにしてても、花粉症か、って言われんのがオチなんだけどね。

昼休みに、学食で新メニューの「グリーンピース入りクリームシチュー」を食べながら、ようやくテンコとゆっくり話すことができた。最初のうち、テンコの話はなんだかシリメツレツ。ユーリがわけのわかんないツッコミ入れるから、よけい話があっち行ったりこっち行ったりしちゃったんだけど、要するに、

「昨日、あの死体の見つかった空き家に行ってみたんです」

テンコはシチューをかきまわしながら言った。

「なんだか申し訳ないと思って。だって、知らなかったとはいえ、わたし、あやうくあの方に野グ」

「バカヤロ」

ユーリがあやういところで遮《さえぎ》った。テンコはぽかんとしている。真のお嬢さまたるテンコは、あまりにお嬢さますぎて、お食事中に発しちゃいけない言葉があるなんて、たぶん、考えたこともないんだと思う。

「で？」

わたしは先をうながした。

「で、小さな花束を持って参りましたの。中に入るのはちょっとためらわれましたので、

門のところにお花をおいて、どうぞ安らかにお眠りくださいましってお祈りをしまして、帰ろうといたしましたらですね。その……目の前に立ってらっしゃるんです」

　言って、テンコはうつむいた。ユーリとわたしは顔を見合わせた。

「立ってるって、なにが」

「ですから、あの方が」

「だから、あの方って誰なんだよ。ああ、もうトロいなあ、テンコは。はっきり言えよ、イラつくぜ」

「ですから、殺された松原紀子さまです」

わたしの全身に冷たいものが走った。見ると二の腕がぶわっと鳥肌だらけ。一方ユーリはというと、あきれたような顔をして、

「なんだそれ。おめー、どうかしちまったんじゃねえのか。殺されたやつが立ってるわけねーだろ。殺されたらフツー寝てんだろうがよ」

　そういう問題じゃないって。死体はとっくに片づいてんだろーがよ。わたしはユーリを無視してテンコに、

「で、なんか言ってきたわけ、テンコに」

「いえ、その、逃げました」

「……そりゃそうだわ」

「なんでだよ。どして逃げんだよ。なんかされたんなら、やりかえしゃいいじゃねえかよ。逃げるだなんて、女がすたるじゃねーかよ」

「で、逃げたら相手はどうしたの？」

わたしが再度ユーリを無視してテンコに訊《き》くと、テンコは色っぽいため息をついて、

「ついてきました」

「ついてきたって——どこらへんまで？」

「ずっとです」

「えっ、てことは、その、もしかして……いまも？」

「はい」

テンコはまるで自分が悪いことをしたかのようにうつむき、わたしはスプーンを取り落とした。ユーリは片膝を椅子の上に立てるというお行儀の悪いなりのまま、おそろしいしかめ面で周囲にガンをとばしまくると、ドスのきいた声で、

「なんだそれ、ストーカーかよ。タチわりいな。あ、でも心配しねえでいいぜ。兄貴の知り合いにヤクザが何人かいるからよ。ちっと脅して追っ払ってもらってやる。で、どこいんだよそいつ。とりあえず、このユーリさまが一発、ばしっとけじめつけてやろー

じゃねーか」

「あのさあ、ユーリ。ちがうんだけど」

わたしは見かねて説明役を買って出た。ユーリはわたしのことまでにらみつけ、

「ちがうってなにがだよ。アタシに殴られて立ってられたやつはいねーんだよ。殺されたヤローだって、もとどおり寝るにきまってんだろ」

「じゃなくて。テンコちゃんの言ってるのはね、松原紀子の幽霊がテンコについてきちゃったって、そういうことなんだけど」

「だったらそのユーレイとやらをぶん殴ればすむ話だろ。ったくミサキもテンコもいちいち考えすぎなんだよ。人間あんまり頭使うとかえってろくなもんにならねえって、死んだじーちゃんが――ユーレイ？」

ユーリは突拍子もない声をあげた。

「な、なんだよ、幽霊って」

「なんだよって、幽霊は幽霊でしょうが」

「幽霊ってえと、あの、化けて出てくるってアレか？」

古くさいことを言ってるユーリを三度無視して、わたしはテンコに訊いた。

「どこらへんにいるの」

テンコは見ないようにして、学食の窓から校庭を指さした。かつて、ソメイヨシノがあった場所だ。わたしは目をこらしてみた。なにも見えない。が、同じように首をめぐらせたユーリが、次の瞬間、学食中が振り返るほどの野太い悲鳴をあげた。

「な、な、なんだよあのババア」

ユーリは息を切らせながら、

「なんですっぽんぽんなんだよ。なんで口から血、垂れ流してんだよ。なんで青い顔して白目むいて、テンコのことにらんでんだよ」

「ずっと、ああなんです」

テンコがすがりつくように言った。わたしはなんだか仲間はずれにされた気になって、もう一度とっくりと校庭を見た。……なにも、いないんですけど。

「ミサキ、おめー意外に度胸あんな。アタシ、二度と見る気しねーんだけどよ」

「いや、ていうか、わたしにはなんも見えてないし」

「バカ言え、あんなキショクわりーもんが」

言いながらユーリは前言を忘れたように振り返り、げっ、と言った。

「消えちまったよ。いなくなったよ。あー、よかった。よかったな、テンコ」

「まだいます」

テンコは、彼女にしては最大級の不機嫌顔で言い返した。わたしとユーリは顔を見合わせて、校庭を見た。なにもいない。今回はユーリにも見えなかったらしく、きょとんとしている。テンコは首にかけている十字架を握りしめて、

「家の者も同じでした。父や兄にはなにも見えませんの。母と姉は、ユーリさんみたいに一瞬だけ、あとでまた何度か見えちゃったりもしたみたいで、今日はふたりとも外に出られないって、ふとんかぶって寝ついてます」

「てことはなにか。アタシもあとで何度か見えちゃったりするってことか？ こえーっ。サイアクじゃんかよ」

「たまにならいいじゃないですか」

テンコは目にいっぱい涙をためて抗議した。ユーリはしどろもどろになって、

「そう言うなよ。ずっと見えてるほうが、驚かなくてすむ分、マシじゃんか。だって、うっかり幽霊のことなんか忘れて、ひとっ風呂浴びるかってがらっと戸を開けたとたんにあのババアが目の前に立っててみろよ。しゃれじゃすまねえもんよ」

「ずうっと見られてるのだって、しゃれになりません」

「まあな。そりゃそうだろーな」

ユーリはしみじみ言い、テンコはついに泣き出した。

「あ、あれがずっとついてくるなんて、困っちゃいます。どうしたらいいんでしょう」

「どうしたらって――ま、まあなんだ。テンコは神様に愛されてっからな。こいつも試練ってことじゃねーの。なあ、ミサキ」

なあ、と言われましてもねえ。


とりあえず、その日、テンコは教会に行き、洗いざらい懺悔《ざんげ》をしたうえ、聖水をもらってきたらしい。ところが帰りに電車が急ブレーキをかけたもんだから、その聖水をもれなくぶちまけてしまった。で、しかたなく翌日またもらいにいったら、今度はなんと、教会が火事で全焼してたそうな。

さらにその翌日の日曜日、紹介してもらった別の教会におでかけし、今度こそとペットボトルで聖水をもらったらしいんだけど、帰ってきてリビングに置いておいたら、ミネラルウォーターと間違えたお父さまがぐびぐび飲んじゃったという。

「これって、幽霊のたたりですわ」

テンコは言ったが、これまでがこれまでだから、なんともコメントのしようがない。

最初、幽霊は天知家の門のあたりにじーっと立って、テンコを見ていた。次の日、幽霊は庭の真ん中に立っていた。で、その頃になると玄関先までやってきていたそうで、

「昨日はおうちのなかにまで入ってきたんです」

「だ、だんだん近づいてきてるじゃねーかよ」

「そうなんです」

「おめーよ。一緒に行ってやっから、もう一度教会で聖水とやらもらってこい。な？」

見かねたユーリが付き添っていったおかげか、なんとか無事に持ち帰った聖水で、テンコは家中を清め、あちこちに盛り塩して寝たらしいのだが、なんの効果もなかったらしく、寝不足そのものの顔で登校してきた。松原紀子の幽霊は、相変わらずテンコにひっついているようで、いまは後ろの黒板の前に立ってます、とのことだった。

見えないからって気にならないわけじゃない。背後を見まい、見まいとするほうに神経がいっちゃって、なにも頭に入らない。授業中のユーリはたいてい爆睡してて誰のジャマにもなんないんだけど、このときばかりは寝るなんて冗談じゃなくて、一時限目から五時限目までずーっと貧乏ゆすりしてたもんだから、

「足がつっちまったじゃねーかよ。ってーな。どーしてくれんだ」

「だって」

テンコはまたしても涙を目にためて、うらめしげにユーリを見た。わたしはとりあえず対処法を提案してみることにした。

「松原ってひとは仏教徒なのかもよ。教会がダメならお寺に行ってみたらどうかなあ」

我ながら、たいした意見でもなかったけど、他にできることも思いつかず、わたしたちは葉崎にある三東寺《みとうじ》にむかった。賽銭《さいせん》を放り込んで、お灯明《とうみょう》をあげて、お線香の煙を浴びようとしていたら、そばにいた信心深そうなおばあさんが豪快なくしゃみをしたもんだから、テンコは頭から灰をかぶってしまった。

これで少しは効果があるか、と思ったら、なんだか逆効果だったみたいで、その晩、テンコはふと目をさました。したら目の前に、

「松原ってひとの顔があったんです」

「ぎゃーっ」

ユーリはわめいてクラスメートの関弥生《せきやよい》ほか数名をなぎ倒し、教室の片隅に逃げていった。で、その位置から言うには、

「いる。見えた。テンコのか、か、かたかたかた」

テンコの肩のあたりに幽霊を見た、と言いたかったらしい。このときばかりは、テンコの側から逃げ出さないようにするには、全力で足を踏ん張らなくてはならなかった。

何度も言うようだけど、見えないからって怖くないワケじゃないんだよね。

「どうしましょう。この方なにか、言いたいことがおありのようなんですけど」

「じゃ、聞いてやれば」

「イヤです」

テンコは妙にきっぱりとした口調で断った。わたしは思わず説教するように、

「え、でもさ。きっと誰かに聞いてもらいたいことがあるから、成仏できずにこうしてテンコにまとわりついてるんだと思うんだよね。聞いてあげれば、すっきりしてあの世に旅立ってくれるんじゃないかなあ」

「だったら、ミサキさん、聞いてあげてください」

「そんなこと言われたって、見えないし聞こえないんだよね、わたしには」

「ひどい。ずるいです」

テンコは両手をもみしぼって、

「なんでミサキさんばっかり、見ないですんでるんですか。ずるいです、そんなの。わたしだってそんな年上の女の方のお悩み相談なんかもちかけられたって、お返事のしようがないし、どろどろした話とか苦手なんですよお」

こいつはマズい、と本気で思ったのはまさにこの瞬間だったと思う。すでにご存じの通り、テンコはさんざん不運に見舞われてきた。でも、泣き言なんか言わなかったし、まして他人にやつあたりなんて、ぜったいにするコじゃなかったんだよね。なにがあっ

ても、えへっ、というような泣き笑いの顔をして、「また神様の試練をうけちゃいました」って起き直って、でもって背筋をしゃんとのばして歩き出して、またコケる。

テンコと一緒にいて気持ちがいいのは、だからだったの。

考えてみれば、「神様の試練」が「幽霊のたたり」になった時点でかなりやばかったわけなんだけど、こっちはテンコがひどい目にあうの、なれっこだから気づいてあげられなかったってことなんだわ。

あらためて見てみると、テンコはひとまわり細くなったようだった。目の下も薄く青みがかっているし、頬も若干こけている。おまけにおでこには小さな吹き出物まであった。わたしなら吹き出物なんて出てない日のほうが珍しいくらいだけど、テンコと吹き出物だなんて、とんでもないことなんですよ、ほんとに。

5

その日から、わたしたちはありとあらゆる方法を試みた。おはらいにも行ったたし、占いにも行ったたし（葉崎の母ってのがいるんだよ。ぜんっぜんあたんないんだけど）、霊能者ってのにもみてもらったたし（そのオトコの霊を除霊してほしければ、百万だせとぬかしたんで、ユーリに五、六発ぶん殴られてたけど）、滝にもうたれたし、茶断ち塩断ちなま物断ち、週末を利用して二泊三日の断食道場ってのまで行ってみた。そのおかげかユーリもわたしもお肌つるつるで、ユーリは後輩の男の子にいきなりコクられたそうな。

「ったくチュー坊がよ、ナマイキだってんだよ、バカヤローが」

とか言ってるわりに顔が笑ってるのはどういうこった。

ただし、かんじんの松原紀子の幽霊対策には、どれも、まったくなんの役にも立たなかった。わたしは思い立って、松原紀子について調べてみた。その結果、松原紀子があの日、なぜ深夜家を出て行ったかがわかった。亭主ってのが酒乱のＤＶオヤジで、酒を買って帰るまで家には入れないって殴られて追い出され、しかたなくユーリの言うとおり、二本の足で海岸道路沿いのリカーショップまで歩いていく途中だった、ってのがことの真相らしい。

近所の人の話によれば、その亭主が紀子に暴力をふるうのは日常茶飯事で、仕事はしないわ、街金に借金をこさえるわ、女房の勤め先にまで行って給料を前借りして飲んでしまうわ、ホントにもう、絵に描いたようなろくでなしだったそうだ。息子も娘も愛想つかしてだいぶ以前に家を出て行ってしまったそうで、母親の葬式には戻ってきたらしいが父親とは口もきかずにすぐいなくなり、残された酒乱があれこれ迷惑をかけるので強制入院の手続きでもとろうかと子どもたちの連絡先に電話をしてみたら、その番号はまるででたらめで、

「近所でも、ほとほともてあましてんのよ。困ったもんだわ」

と話し好きのご近所のおばさんは、たいして困った様子でもなくそう言っていた。

これって同情すべきなのかな。そうかもしれないし、そうじゃない気もする。松原紀子が本気で亭主がイヤだったのなら、離婚するなり逃げたりするなりって手もあった。はたからみればひどい目にあっていたとはいえ一緒に暮らしてたんだから、それなりに納得して生活してたんだと思う。もっとも、松原紀子が死んだのは間接的には亭主のせいだったわけで、どうせなら亭主にとりついてくれればよかったんだよね。

と、ある程度の知識は手に入ったものの、こんな調査、まったくもって使えないのは言うまでもない。幽霊は飽きもせずこりもせず、ぴっちりとテンコにまとわりついて、最近では夢にまで現れ、

「話を聞いて。話を聞いて。話を聞いてよ。ねえ、聞いてよ」

と、一晩中エンドレスでささやき続けるようになった。

ここまでされたら――ていうか、わたしだったらここまでされるまえにとっとと話を

聞くと思うんだけど、テンコはガンコだったね。聞いたらよけいたいへんなことになるような気がするんです、と言って、頑として耳をふさぎ続けた。

　でもさすがにこのあたりになってくると、テンコの異常な状態が誰の目にも明らかになってきたもんだから、親が養護教諭に呼び出しくらって、いい精神科医を紹介してやると言われたという。その医者は、今の時期、バラがとってもきれいなガーデン付きの保養所に勤務してらっしゃるそうだ。

「マジ、サイアクじゃん」

　さすがのユーリもそれを聞いて、青くなった。

「な、テンコ。悪いことは言わねえ。死体の告白、きっちり聞いてやって、成仏してもらおうぜ。でないとおめーが病院に入れられちまうじゃねーかよ」

「でも」

　この期《ご》に及んでテンコはまだしぶった。ユーリは真っ赤な爪で真っ赤な髪をかきむしり、

「でねーと、アタシら二度と会えなくなるかもしんねえんだぜ。ま、テンコがアタシらに会いたくないってんならそれもしょーがねーけどよ。アタシはやだよ。つまんねーよ、テンコがいなくなんのはよ」

殺し文句とはまさにこのこと。テンコは決心を翻《ひるがえ》し、幽霊の話を聞くことになった。始まる前に、ひとつだけ注文をつけよう、とわたしは言った。

「おばさんの話は長くなるに決まってるから、一日一回、一時間だけって前もって取り決めをしない？　それをすぎたら引っ込んでてもらうの。わたしたち三人が一緒のときだけ、話を聞いてあげるって言う。むこうだって、少しはこっちの都合を考えてくれるんじゃゃない？」

あとから思うと甘かったね、わたしも。

葉崎山の登山道入口付近に、小さな見晴台がある。海岸道路の真上の崖の上にあって、遠くに海や猫島《ねこじま》が見え、車の姿は見えない。静かで、屋根もついてるし、ベンチもある。そこで三人で円を作り、わたしの左手をテンコが握り、テンコの左手をユーリが握り、ユーリの左手をわたしが握った。遠くで牛が、もお、と鳴いた。

わたしの手の中で、テンコの手がきゅっと堅くなった。そのとき、声が聞こえてきた。おばさんの声で、案外ひとがよさそうな感じで。

モーレツな勢いでしゃべりまくってた。

初日になにを聞かされたのか、誰もほとんど覚えていない。とにかく、子どもの頃の話だった。貧乏でみんなにバカにされて、いじめられて、うんぬん。途中でユーリが、

「時間切れだっ、バカヤロー」

って怒鳴らなかったら、どうなっていたことかと思う。

こうしてユーリの言う「死体の愚痴聞き」が始まった。

まあ、松原紀子もそんなに悪いやつじゃないとみえて、一応、約束は守った。昼間の三人でいるときの、きっかり一時間だけ。でもさてその一時間の、長いこと長いこと。松原紀子の生涯は、不幸の連続だったらしい。テンコの不運はあくまでただの不運だけど、こっちはほんとにひどいの。だまされたり裏切られたり嘘つかれたり脅されたり陰口をたたかれたりいじめられたり。聞いてるだけで飯がまずくなるような話ばっかし。

ユーリが何度キレかけたか、わかったもんじゃない。

しゃべるほうはいいよ。でも、その毒を浴びせられるほうはたまったもんじゃないよね。結婚の約束をしてた五歳上のトラック運転手が、紀子を捨てて別の女と結婚したって話のときなんか、

『あの男と一緒になりたかった。ほんとうに一緒になりたかったのに』

なんぞとインインメツメツとコクられて、蹴っ飛ばしてやりたくなったよ、マジで。

でもまあ努力の甲斐あって、テンコにつきまとっているのは相変わらずらしいけど、話を聞いて、と言ってくることはなくなったそうだ。おかげでテンコはよく眠れるよう

になった――と言えればいいんだけどね。世の中、そんなに甘くない。

松原紀子の一代記、お嬢さまにはかなり刺激が強すぎたようだ。テンコの顔色がいっこうに冴えてこないどころか、授業中に居眠りこくようになって、わたしたちは彼女を問いつめた。テンコは最初、言いしぶっていたが、要するに、

「あんだあ？　夜中まで話を聞いてやっただあ？　バカか、おめーは」

ユーリが怒り狂うのもムリはない。はっきり言って、わたしもむっとした。テンコはしょんぼりして、

「だって、あんまりお気の毒なんですもの。お話くらい聞いてさし上げても、よろしいかと思いまして」

「おめーがそんなこったから、あの死体のヤロー、つけあがっていつまでたっても成仏しねーんだよ。あのオバンはな、おめーに気の毒がってもらえるような、そんなタマじゃねえぞ。骨の髄までウゼーんだよ」

「そんな言い方しなくたって」

テンコは助けを求めるようにわたしを見たが、わたしもユーリとほぼ同意見だった。

「そりゃ貧乏だのなんだの、気の毒なところはあるけど、結局他人が悪い、あいつのおかげでひどい目にあわされたって文句言ってばっかだよね、あのひと。あれじゃ百年か

かっても成仏なんかできないかも」

「だいたいテンコは甘すぎんだよ。あんないけすかねーババアにまで気をつかってんじゃねーよ」

「そんなあ」

テンコが両手をもみしぼったところで、養護教諭の呼び出しがかかった。わたしとユーリは先に見晴台に行っていることにして、テンコと別れた。

「で、どうすんのさ、あの死体」

見晴台に着くと、ユーリは真っ赤な足の爪をビーチサンダルの中でもじもじと動かしながら、真っ赤な唇を歪めてわたしに言った。

わたしはなんだか疲れていた。ユーリですら、そうだったと思う。でなければ、焼き肉でも食わせろなんてこと、いくらユーリでも言わない。たぶん、自分がへとへとで、肉が食べたかっただけなのかも。

遠くにテンコの姿が見えてきた。背筋をぴんとはり、なおかつうつむくという、なかなか手の込んだ姿勢で山道を下りてきたテンコは、突然立ち止まり、額に手をかざして木漏れ日を見上げた。大昔の日本映画に登場する女優さんみたいな、わたしはもちろん、ユーリになど絶対に真似のできない優雅なしぐさだった。

と、次の瞬間。

樹の上からものすごく大きな蛇が落ちてきて、テンコの顔にぶち当たった。

「ぎいいいいいっ」

テンコはけたたましい悲鳴をあげて蛇をひっつかみ、思い切り投げた。投げられた蛇はわたしたちの足下に飛んできた。わたしが飛びのくより早く、ユーリが顔色ひとつ変えずに崖めがけて蛇を蹴り飛ばした。気の毒な蛇はキックを受けて丸くなり、崖の下へと姿を消した。一瞬、あたりが静かになったが、ややあって崖下から激しい車の急ブレーキと、がしゃん、ぼん、どっかん、という破壊音が相次いで聞こえてきた。

わたしはケータイを取り出して警察に電話をかけた。

6

その日を最後に、松原紀子の幽霊はテンコの前から姿を消した。

あのとき、崖下に落ちていった蛇はたまたま通りかかったトラックのフロントグラスにへばりついた。運転手は驚いてハンドルを切り損ない、対向車線に飛び出し、むこうから来た車をよけようとしてパニックになったのだろう。トラックは横転し、運転手は投げ出され、通りかかった車にはねとばされ、病院で死んだ。

事故が起こったのはわたしたちのせいだと言えなくもないので、後味は悪かった。蛇の件は不可抗力と認められて、誰も怒られなかった。むしろ、きみたちが悪いんじゃないよ、となぐさめられたくらいだ。テンコは次はあの運転手さんの霊がやってくるんじゃないかってしばらく怯《おび》えていたけど、もちろん現れやしなかった。

テンコはなんだか気が抜けたようになっていたが、じきにめでたく不運が復活し、その対処にてんてこまいになって、やがてもとどおりのテンコちゃんに戻った。以来、あの恐怖は思い出したくありません、と言うから、わたしもユーリもその件にはふれずにいる。

でも一度だけ、松原紀子の幽霊がどうして突然姿を消したのか、三人で話し合ったことがある。テンコに言わせると、

「わたしたちの真心が通じたんですわ」

ということで、ユーリに言わせると、

「あのババア、蛇が嫌いだったんだろ。ったく早くわかってりゃ、テンコを蛇まみれにしてやったのによ」

ということだが、わたしはふたりとも間違ってると思う。

死亡したトラック運転手、享年六十二。

松原紀子の五歳年上だ。

それからしばらくして、葉崎山高の生徒の間で、海岸道路に男女二人組の幽霊が出る、という怪談がささやかれたことがある。男のほうは血まみれで、女のほうは素っ裸で、男は必死に逃げ、女はものすごい形相で追いかけている。

そういう話だ。

青ひげのクリームソーダ

～葉崎山高校の夏休み～

焼けた砂で足が痛い。

わたしはビーチサンダルを脱いでよくふると、もう一度足をつっこんだ。

台風直後の葉崎西海岸はすてきな場所に変貌を遂げていた。

波打ち際に散乱したゴミや木材、砂浜の奥まで吹きちらされた砂。

「なあ、ミサキ。アタシら、なんの因果でこんなとこにいるんだ？」

ユーリこと黒岩有理が小声で言った。

「いま、夏休みだろ？　それも高校一年の夏休みだろ？　アタシらいま、世界でイチバン幸せでもおかしかないだろ」

「は？」

「宿題はほとんどないし、受験が迫ってるでもねーし、ほどほどに子どもでほどほどにオトナ、ま、金はねーけど時間はある。ホットな夏、潮風のにおい……」

「望みどーりじゃん」

わたしは葉崎西海岸を見渡しながら言った。汗で日焼け止めが流れたのか、二の腕がちょっとだけひりひりしてきた。わたしは歩く平均値こと崎谷美咲。だもんで、Ｔシャツに裾を切ったジーンズという、典型的な葉崎の夏のロコガール・スタイルにサンバイザー、さっと塗った日焼け止め、という格好だ。

一方、ユーリときたら、夏に日焼けしとくと冬にカゼひかねーってばーちゃんが言ってた、と、オゾンホールや地球温暖化以前の常識を持ち出して、チューブトップに超のつくショートパンツでむやみに日光を浴びてる。まあ、こいつの場合、皮膚ガンのほうが逃げていきそうだからいいけど。

「まーな。ロケーションは悪くねーよ。やってることがゴミ拾いってのが、おかしーだけでよ」

ユーリは一抱えもある流木を捨て場に投げ込んだ。

「一学期の成績がサイアクだったから、社会奉仕で単位をちょろまかしたいって言ったのユーリだよ。わたしもテンコもユーリのおつきあいなんだから」

「わかってる。ありがてーと思ってるよ。ただ……」

「ただ、なによ」

「テンコのかっこ見て、社会奉仕中だと思うやつ、いるか？」

テンコこと天知百合子は、でろっとした長袖にパンツ、でっかいつばのついたお帽子、首にはガーゼのマフラー、指の先っちょだけがちょこっと見えてる手袋に身を固め、バスケットを提げていた。中身は桜貝とか、ビーチグラスとか、いかにもお嬢さまなアイテムばかり。何度もすっ転んでるから、熱心に蒐集《しゅうしゅう》してるわりにはバスケットの中身が少ないのも――実情をしらなければ――お嬢さまっぽいかも。

こういうのが三人まとまってるのって、ヘンに見えると思う。遠くから見てれば、まず連れだとは思われないだろう。

もっとも、夏休みの海岸なのに、今日は浜辺にも人影は少ない。台風による土砂崩れで横浜と葉崎を結ぶ横葉線《よこようせん》が全線不通になっちゃったので観光客は激減、台風直後の浜辺に出たって砂浜で釘でも踏んづけてケガすんのがオチ、とわかってる地元民だってわざわざ出てきやしない。海の家だって、軒並み台風に吹き倒されちゃってるしね。

「そろそろ休みません？　わたし、なんだか手が痛くて」

テンコがにこにこしながら近寄ってきた。見てびっくり、彼女の右手がいつもの二倍のサイズになっている。

「ど、どしたの」

「きれいなクラゲがひからびかけてたんで、かわいそうに思って海に放してあげましたの。そしたら、こんなことに」

海にきて、なぜクラゲにさわる。

わたしはテンコの腕をつかんで、再建中の海の家に駆け込んだ。テンコの手を洗わせてもらい、消毒して強力虫さされの薬を塗り、包帯を巻いた。テンコのおかげで、最近わたしが持ち歩く薬の量と種類は、親がのけぞるほどになっている。

ひとしきりクラゲの毒について説教を垂れたところで、ユーリが飲み物を買って戻ってきた。一休みすることにして、座れるところを探した。

今年の夏、ここのビーチでちょっとしたトラブルが起きた。海開きと同時に華々しくオープンした海の家〈シャトー・ド・バーブブルー〉が、八月の半ばにもう店じまいしちゃったのだ。格差社会の中の下が集う葉崎みたいな場末のリゾート地に、本格的なフランス料理を出す海の家って、高校一年生が聞いたって、むちゃ。

できた当時はマスコミが押し寄せ、けっこう話題にはなったんだけどね。オーナーがインタビューに答えてるのをテレビで見た。でぷっとした成金みたいなオヤジが出てくるかと思ったら、歌舞伎役者みたいな線の細い男だった。それがまあ、口がうまいのなんの、詐欺師を絵に描いたみたい。

オーナーの自慢料理はでっかいエビの入ったブイヤベース二人前七千円、フランス直輸入のトリュフがたっぷり入ったリゾット八千円、フォアグラのステーキ一万三千円。案の定、開店休業状態だったそうだ。

倒産と当時に、債権者や業者が使える設備は残らず――なんと、壁まで持ち去ったもんで、〈シャトー・ド・バーブブルー〉には床と柱くらいしか残っていなかった。台風が持ち込んできたのか壊れた椅子と、汚らしいテーブルクロス、あとは水と氷を入れて飲み物を冷やす、古いタイプの横長の冷蔵庫が床のはじっこに無造作に置かれているだけだ。

ユーリは冷蔵庫にフタみたいにのせられたベニヤ板の上に、買ってきたブルーのクリームソーダを置いた。

「これどければ、座れるんじゃねーか？」

「だね」

わたしはあいまいに答えた。ちょうど、目の前のビーチを、水着姿の若い女がこちらを見ながら横切っていったのだ。夏の浜辺に水着の女がいたって、べつにおかしなことはない。今日、ここではじめてみるかっこだってことをのぞけば。ユーリはわたしの視線を追って女に気づいたが、知らん顔して冷蔵庫に手をかけた。

「ミサキ、手伝えよ」

冷蔵庫は思ったより重かった。ふたりがかりで奥にむかってぐいぐい押してなんとかスペースを作ると、床から足を垂らして並んで座り、その冷蔵庫に寄りかかってソーダを飲んだ。

クリームはコクがあって、ソーダは甘酸っぱかった。そして、これまでに見たこともないほどでかいグラスに入れられていた。

クリームと、ソーダと、氷。クリームソーダの三点セット。

わたしたちみたいだ。

真夏の太陽が、海を青く輝かせていた。ゴミも少しは片づいたし、台風で起こったにごりもだいぶおさまってきていた。

水着の女が、また前を通った。

「あー、生き返る。クリームソーダって、うめーよなー」

ユーリががぶがぶ飲んで、声をあげた。

「こういうの、ソーダ・フロートって言いませんか」

「るせーな、テンコ。葉崎じゃクリームソーダなんだよ。そのほうがうまそうに聞こえんだろーが」

「夏のクリームソーダって、おいしいですわねえ」

テンコがのどかに言った。

「労働のあとのクリームソーダがうめーんだよ」

「たしかに、今日はよく働きましたわ、おふたりとも」

ユーリの眉がつりあがった。いわんこっちゃない、どこが社会奉仕だよ、という心の叫びが漏れ聞こえた気がして、わたしは慌てて話題を変えた。

「あの水着のひと……」

「ああ」

「なんか、わたしたちを意識してない？」

ユーリがクリームソーダをふき出した。

「おい、アタシそーゆー趣味、ねーぞ」

「いやそりゃわたしにだってないけど、さっきからこっちばっかり見てるじゃん」

わたしたちはそろって視線を彼女に注いだ。ボリュームのある栗色の髪が腰まで伸びていて、でっかいサングラスはふちが紫色のきらきら。真っ赤な唇、左脚のふとももに蝶のタトゥー。水玉柄のおとなしめなワンピース水着とはちょっとふつりあいな、ワイルド系のおねーさんだ。

まあ、わたしたちを見ているとすれば、どーゆー組み合わせなんだあの三人、と思ってるだけだとは思うんだけどね。

水玉女はモデルのようにカッコつけて目の前十メートルのところを通過した。見とれていたユーリが、はっとしたようにわめいた。

「ホントだ、ガンつけてやがる。はっ倒してやろーか」

「ことによると〈シャトー・ド・バーブブルー〉の関係者かもしれませんわね」

テンコが言った。

「この海の家を出したのは、父の知り合いの知り合いなんです。父も出資を頼まれたんですけど、そのオーナー、あまりにも景気のいいことばかり言う派手な方で、信用できなくてやめたんですって」

「てことは、あのねーちゃんは大損こいた出資者？」

「でなければ、オーナーの元愛人ですわね」

テンコはけろっとして言った。

「派手って要するに、そういうこと？」

「四回も結婚してらっしゃるそうなんです。父が会ったときの奥さまは二十三歳。二十歳も若かったそうですわ」

「四回結婚したってのもすごいけど、三回離婚したってのもものすごいね」

「いえ、奥さまはそのつどお亡くなりになったって聞きました。だからオーナー、あだ名が青ひげなんですって。でも、ご本人はそんなふうに言われてもぜんぜん気にしてなくて、それどころか自分のお店に〈シャトー・ド・バーブブルー〉なんて名前つけちゃって。アイツの心臓には毛が生えてるって、父が言ってました」

「テンコ、おめーがなんの話してんだか、さっぱりわかんねーよ」

「ほら、奥さんをとっかえひっかえ殺した青ひげって童話があるでしょ。〈シャトー・ド・バーブブルー〉って、フランス語で青ひげの城ってイミなんですって」

「だから、なんなんだよ。ちっともわかんねー」

ユーリがふてくされたように、クリームソーダをぶくぶくふき、ひょいと脇に置いた。

「要するに、オーナーの奥さんは次々死んでる。ひょっとして亭主であるオーナーが殺してんじゃないかって疑うひともいる。なのにずーずーしくも、殺してるかもね、って名前の店を出したってこと」

「おいおい」

ユーリが言った。

「女房を三人殺したって？　それでつかまらずに逃げてるってか。やるじゃねーかよ」

「逃げてるワケじゃなくて、殺人事件じゃないって判断されたんでしょ」

「コロシでなきゃ、なんなんだよ」

「病死か事故死なんじゃないの？」

「事故死って聞いてますわ。おふたりは海での事故。おひとりは山だったかしら」

水玉女が今度は右から左へ、腰を振りながら歩いていった。わたしたちは黙ってその姿を追いかけ、見えなくなると会話を再開した。

「だけど、それでどーして疑われないの。怪しすぎない？」

「てゆーか、それより大問題があるだろ」

ユーリが腰を浮かせた。

「事故にしろなんにしろ、オーナーは思いきりひとさまの怨《うら》みを買ってんだろ？　あの女、この店ふっとばそうとしてんじゃねーだろーな」

「こんな廃墟、いまさらふっとばしてどーすんの」

「それもそーか」

ユーリはしぶしぶ腰を下ろした。わたしは氷と接触してしゃりしゃりになったクリームの部分をだいじにすくい取りながらテンコに訊いた。

「で、怪しまれないのは、なんで？」

「もちろん怪しまれますわよ。保険会社とか奥さまのお身内のかたたちとか、大騒ぎしてらしたみたい。でも事故が起こったときには、オーナーは必ず、まるでべつの場所にいるんですって。それに、目撃者もいるらしいんです。奥さまがたは、第三者の目の前で、海に落っこちたり崖から滑り落ちたりしてるそうですわ」

水玉女はまたしても、わたしたちの前を通り過ぎた。

「あのう」

テンコが飲みかけのクリームソーダのグラスをひょいと冷蔵庫にのせて言った。

「わたし、さいきん近眼の度が進んじゃって。よく見えないんですけど、あのひとの脚になにかついていません？」

「蝶のタトゥーだよ」

「ああ、それじゃあ、ひょっとしてあのひと、蝶子《ちょうこ》さんかもしれませんわね。オーナーの今の奥さまです。名前にちなんでタトゥーを入れたんだそうですよ」

ユーリが鼻で笑った。

「バカ言ってら。あれがタトゥーなもんか」

「え？　なんで？」

「あれはシールだよ。しかもかなり安物だね。見ろよ、てかてかしてやたらとめだってんだろ。このユーリさまの眼力を、あんなもんでごまかせるか」

あんたいったいいつからタトゥーの専門家になったんだい、とツッコミかけて、はっと気がついた。

「ユーリ、まさか」

「へっへっへ」

彼女はチューブトップの右側をぐいとさげて胸を見せた。

「入れちった。どーだ！」

わたしとテンコはあきれはててそのタトゥーを見た。ものすごく小さくて、丸くて、

「ええと、これ、いったいいなんの柄なんですか」

「三つ巴《どもえ》。黒岩家の家紋だよ」

「家紋……を入れたんだ」

「わりーかよ。ばーちゃんが親からもらった身体にスミなんか入れるなってうるさくってさ。家紋なら文句ねーだろと思って」

やることがパンクなんだかコンサバなんだか、わからん女だ。

またしても水玉女がわたしたちの前を通り過ぎていった。今度はそのまままっすぐ、ここから見える岩場のほうにどんどんあがっていく。

「ちょっと、考えたんだけどよ」

それを見送って、ユーリが言った。

「本物の蝶子とやらに本物のスミが入ってるとしたら、アイツ、蝶子のにせもんなんじゃねーのかな」

「だよね」

「ですよね」

わたしもテンコも深くうなずいた。ユーリは珍しく自分の考えが受け入れられたせいか、顔を赤くして、

「と、したらだよ。さっきっから、わざとらしくアタシらの前うろうろしてんのも、ひょっとして……」

「ひょっとして？」

わたしは期待を込めて、聞き返した。ユーリは真っ赤な髪に手をつっこみ、

「ひょっとして……ダメだ、わかんねー」

わたしは床からずり落ちそうになった。かわってテンコが言った。

「わたしたちを目撃者にしたいんじゃないでしょうか」

「目撃者って、なんのだよ」

「今の奥さま、蝶子さんの事故現場の目撃者です」

「なんだと、なんのためだよ」

「さあ。なんのためと言われましても」

再び、わたしはずり落ちかけたが、かろうじて踏みとどまって、助け船を出した。

「つまり、オーナーには共犯者がいた。女で、スポーツ万能で、オーナーに完全にイカレてる。オーナーはまず、奥さんを何らかの方法で殺害する。で、死体を隠す。そしてがっちりしたアリバイを作る。その時間に、共犯者は奥さんそっくりのかっこで、善良そうな第三者の目撃者の前で……」

「それって、アタシらのことか」

「うん。わたしたちが見てる前で、事故っぽいできごとを起こす。で、事故発生の日時をごまかすわけね」

「なるほど」

「共犯者は現場から誰にも気づかれないように離れ、捜索がひととおり終わったあと、オーナーは奥さんの遺体を現場近くに遺棄する。どうよ。これなら、完璧なアリバイつき事故死ができあがるんじゃない？」

テンコちゃんが手を叩いた。

「すごーい、ミサキさん。面白いし、つじつまもあいます。でも、事故っぽい、って、どんななんでしょう?」

「そりゃ船が爆発炎上するとか、モーターボートで岩場につっこむとかじゃねーの?」

「それじゃ共犯者が死んじゃうじゃん。せいぜい、岩場から海に落ちるくらいでしょ」

水玉女は岩場の先端に立っていた。台風の波は荒く、岩場に打ちつけた。

次の瞬間、水玉女は岩場から姿を消していた。

わたしは親指で岩場をさして言った。

「……あんな感じに――って、わあっ」

人影がまばらとはいえ、浜辺にはそれなりにひとがいた。台風で被害を受けた海の家を片づけていたひとたちが、叫びながら浜辺を走っていくのが見えた。あちこちでケータイが取り出され、やがてパトカーがきて、消防がきて、海上保安庁の船や漁船がでた。

しばらくして、わたしたちは顔を見合わせた。テンコが言った。

「……ミサキさんのおはなし、面白かったけど、たんなる想像ですわよね」

「もちろん」

わたしは力強くうなずいた。ユーリが言った。

「やっぱ、あんな遠くじゃ、シールと本物のタトゥーの区別はつかねーよな」

「だね」

わたしは力強くうなずいた。

「……じゃ、帰ろっか」

「そうしましょう」

わたしたちは立ち上がり、それぞれクリームソーダのグラスを手にした。ユーリが自分とわたしのグラスのフタを取り、中身を砂浜にじゃっとまいた。

「特大ってのは、やっぱ飲みきれなかったな。ぜんぶ溶けてやんの。おい、テンコ。おめーのもよこせよ。——おい。テンコってば」

テンコはクリームソーダのグラスを握ったままかたまっていた。

「あのう」

彼女はか細い声で言った。

「ミサキさんのおはなしだと、奥さまはもう殺されてるんですわよね」

「いや、だからただの想像だし」

「殺されてるんだとして、この暑さだと、死体って腐りますわよね」

「おめー、なにキモチワリーこと……」

「腐らないようにするためには、冷やしておかないとなりませんわよね」

わたしはユーリと顔を見合わせ、テンコを見た。テンコはわたしたちの前に、クリームソーダのグラスを突き出した。

「わたし、このグラス、この冷蔵庫のベニヤ板の上においといたんです。で……ぜんぜん溶けてないんです。わたしのクリームソーダ」

わたしはベニヤに手をあてた。

この暑さのなかで、ベニヤ板は氷のように冷えきっていた。

わたしたちはしばらく黙って冷蔵庫を眺めていた。

やがて、ユーリがベニヤ板をはずした。

悪い予感はよくあたる

～葉崎山高校の秋～

1

「ったくごちゃごちゃ、うるせーな」

黒岩有理が真っ赤な髪をひっかきまわして、そう言った。

「ずばっと言ってやれよ、ミサキ」

「んなこと言ったって、ユーリ、ものには順序ってもんがあるんだし」

「ねーよ、そんなもん。一言ですむ話じゃんか。な、テンコ」

天知百合子が小首を傾げて、うなずいた。

「わたしもそう思わなくはありませんわね。ミサキさん、はっきり言ってさし上げたらどうかしら」

「なんて」

「犯人はおまえだ！　って」

2

葉崎山高校収穫祭は、いまや、たけなわだった。

雲ひとつない青空のもと、見渡すかぎり、ひと、ひと、ひと。

それにしても、人間の欲ってすごいと思う。大勢の善男善女が、高校生だって心臓止まりそうな山道を、からのリュックしょって登ってきたんだから。山道どころか散歩道すら二十メートルと進めないだろうと思われるよぼよぼのおばあちゃんが、どうやってきたんだか杖にすがり、各ブースの出店品を念入りに品定めしてんだから、おそれいる。

広いグラウンドはクラスやクラブのブースで埋め尽くされていた。料理研究会の海鮮カレーレストラン、お菓子研究会のカフェ、漁業部の干すとクラブ(誤植じゃないわよ、干物を販売してんの)、茶道部が校庭の一角にむりやり障子をたて屏風《びょうぶ》をたててお茶席を作り、その隣ではなぜかアーチェリー部がピザ屋を開店中だ。

ちなみに我が一年A組のブースも、茶道部の隣。左からピザのにおい、右から豚汁のにおい、裏からは漁業部の干物のにおいがふんだんにかおってくる中でお茶をたてるんだから、茶道部もたいへんだ。

お客さんの列が、だんだん長くなってきていた。今日は良いお天気で、このところ天気が不安定だったからどうなるかと、このあいだの雹《ひょう》はびっくりしましたわよねえ、そんなどうでもいいような話をしながら待っているお客さんたちだが、まだか、早くしろと言わんばかりにときどきこっちをにらんでくる。ニワトリ型のキッチンタイマーがけたたましく鳴り出したときには、ほっとした。

わたしは鍋のフタをおごそかに開けた。誰かが笑い声をたてた。迫力のある湯気がたって、あたりの眼鏡をことごとく曇らせたのだ。あいにく、その場は眼鏡だらけだった。半数の客はおいしそうなにおいに喜びのため息をもらしたが、あとの半分は眼鏡を拭くので手一杯になっていた。

わたしは鍋におたまをつっこんで、豚汁を底のほうからかき回した。不ぞろいの大根が底から浮かび上がってくる。ま、自分のきざんだ大根もあるはずだから、文句は言えないけど。

「よってらっしゃい食べてらっしゃい」

腕まくりをした黒岩有理が大声で呼び込みをやっているのが、風に乗って聞こえてきた。

「聞いて驚くなよ、この豚汁には由来のわかんねーものなんか、なにひとつ、入ってねーんだぜ。うちの裏でとれた大根、見ろよ、みずみずしいだろ？　うちの裏でとれたにんじん、香りが違うってもんだ。なんせ、下肥のもとが、毎朝この山道を上り下りしてる健康そのものの若者だってんだ。ネギに椎茸、こんにゃくだって手作りだぜ。味噌にいたっては、去年の卒業生が畑でとれた大豆を、この葉崎の浜辺で海水煮詰めてこさえた藻塩でしこんだってしろもんだ。え？　いまどき、これだけこだわった味噌なんか、鉦《かね》や太鼓で探したって見つかりっこねーだろ？」

わたしは彼女の呼び込みにあわせ、またしても鍋をかき回した。味噌の煮える香りがあたりに漂い、列を作った人々がうっとりと目を細めた。

「それだけじゃねーぞ。ためしてもらいてーのが、この七味とうがらしだ。とうがらしもみかんの皮も山椒《さんしょう》もケシの実もゴマも、ぜーんぶ、我が校の特産物だよ。こんな七味はよそじゃあ味わえねーぞ。持ち帰り用は一袋三百円、限定品だよ、早いもんがちだ」

彼女の声はよく響く。限定品の一言が、客の足をぴたりと止めた。

「さあさあ、よってらっしゃい食べてらっしゃい。偽装表示いっさいなし、すべて我が校の手作りの豚汁だよ。一杯百円、うまいようまいよ。お、そこのおじいちゃん、完璧国産葉崎産の豚汁食べて、国の裏かいて長生きしてやろーぜ、どうだい」

客の群れはますますふくれあがりつつあった。わたしは袖口に気をつけながら、豚汁を木のお椀にたっぷりと盛りつけ、そばにいたコがみじん切りにした大根葉をちらした。ほかほかと湯気を立てる豚汁にあざやかな緑が食欲をそそる。

わたしの通う葉崎山高校は、大昔、葉崎ファームのオーナーがその山の一部を市に寄贈したことでできた。山道をてくてく登るしかない地の利（？）のおかげで、登れる体力のある人間の使う施設を作るしかなかった、というのが創立の理由だってんだから、情けないというかなんというか。それに、元気いっぱいなのは高校生じゃねーだろ、とゾンビのごとく手を突き出してくる高齢者の皆さんに豚汁を渡してるいま、しみじみそう思うんだけどね。

よその学校が文化祭を開く晩秋、わが葉崎山高校では収穫祭を開く。寄贈された土地は、校舎と体育館と校庭をこさえてもまだたっぷりあまってしまい、残りは自由選択科目の実地研修に役立てられている。早い話、あまってる土地がもったいないから農地にして、生徒をこき使って有機農法の野菜をたんとこさえているってこと。

収穫された野菜は、もっぱら我が校の食堂で消費される。なんせ、よその学校とちがって、おべんと忘れたからちょっとそこのコンビニまで、ってワケにはいかない土地だもんで、食べ盛りの高校生の暴動を恐れた学校当局は学食には力を入れていた。しかし、場所柄〈学食のおばちゃん〉の確保はとってもむつかしい。

三十五年前のある日、当時の校長が、すべての問題点をきれいさっぱり解決できる妙案を思いついた。料理を自由選択科目にして、生徒たちに作らせりゃすむじゃん。

この料理実習科目は、校長の予想をはるかにこえた人気を集めた。調子に乗った校長は、葉崎ファームと契約して畜産科目を作り、猫島近辺の漁師を拝み倒して漁業科目を作り、市内の工芸家を招いて焼き物や木の食器を作る工芸科目を作った。いずれもそれなりに生徒を集めて成り立っているうえに、収穫祭で売りに出すと、安さと質のよさから評判になった。

ほとんど普通高校とは思えないカリキュラムを一瞥《いちべつ》したうちの親は、

「なんだか定年退職したオヤジの趣味講座みたいだわねえ」

とのたまった。ま、そのとおりっちゃそのとおりなんだけど、どーせこんなとこに入っちゃったのがウンの尽きなんだし、となったらやっぱり楽しまなきゃ損でしょ。

てなわけで、わたしは料理実習と工芸科目をとっている。数学の教科書を前にしてるときよりは、よっぽどオモシロイし、居眠りこいてるヒマもない。実を言えば、入学して初めての収穫祭も、けっこう楽しみにしてた。

ところが、この収穫祭、思ってた以上にトラブルが連発した。

はじめ、わたしたちのクラスで決まった出品物はアジの干物だった。漁業実習をとってる黒岩有理が、アジだけは任せろって言い出したのね。誰も彼女には逆らえないもんだから、半分これに決まりかけたんだけど、隣のクラスのサンマとかぶるってことがわかったのと、他のクラスが新米を炊くのがわかったんで、それじゃ、クラスで育ててる大根だのにんじんだのナスだのの漬け物に変更しようって方向転換が決まったのが、一週間前のこと。

　料理実習の先生に相談すると、倉庫に漬け物用のプラスティックのフタ付きの大バケツがあるという。味噌を仕込んだり、タクアン作りに使ったりとか、けっこう需要があるそうで、先生は待ってましたとばかり自ら倉庫まで案内してくれたんだけど、なかに入ってびっくり。バケツは床に放り出されていて、二十個全部、穴だらけなの。

「これはいったい、どういうこと！」

　料理実習の先生は脳貧血を起こしてひっくり返り、保健室に運びこむ騒ぎになった。

　どういうことって聞かれても困るんだけど、見た瞬間、犯人の見当はついた。三年の尾賀《おが》章介《しょうすけ》。やつの仕事に間違いない。

　少し前からこいつがパチンコに凝りだした。パチンコったって、駅前に店出してるあのパチンコじゃないからね。「ふたまたの文軸にゴムひもを張り、小石などをはさんで飛ばす玩具（広辞苑）」ってやつのほう。最初のうちは、学校さぼって裏山でドングリなんかをぱちぱちとばしてたらしい。それでも、危ないったらありゃしない。

でも、みんなの意見をそれとなく聞いたところ、

「尾賀の両親って、離婚したんだってね」

「推薦入試にも失敗したらしいじゃん」

「彼女にふられたとも聞きましたわよ」

そう言った天知百合子は、黒岩有理の肘鉄《ひじてつ》を脇腹に食らってへたりこんだ。黒岩有理が言うには、

「ま、ともかくさ、尾賀は人生いろいろのまっただなからしいじゃん。よりによって、おめーが口出してどーすんだよ。ほっといてやれよ」

「だけど、なんか怖くない?」

「気持ちはわからなくもないけどよ、ああいうでっかい男が、口に出せない思いを抱え、背中丸めて裏山でパチンコはじいてるのって、かわいそーっつーか、せつないっつーか、なんも言えなくなっちゃわねー? なあ?」

「……だよね」

関弥生とか、浜岡《はまおか》みいやとか、そんなクラスメート連中が何人かうなずいて、話はそこまでになった。

でも、それで放っておいたのが大まちがい。尾賀のパチンコはどんどんエスカレートしてった。

缶を並べて片っ端から打ち落とす、小鳥を狙う、しまいには石をとばして牧場の牛を怒らせた。葉崎ファームのオーナーが頭から湯気をたててガッコに乗り込んできて、そこでようやく教頭が尾賀を呼びつけて叱ったらしい。で、結局、生きてるもんには手を出さないって誓わされたらしいんだけど、対応ゆるすぎ。とっとと退学にでもしてくればいいものを、甘くみたりするから、今度は学校の備品であるプラスティックのフタ付きバケツを的にしてウサ晴らし、なんてことになったんじゃないだろーか。

もっとも、証拠のある話じゃないし、誰だってあのバケツを見りゃ、同じ結論に達するだろうから、この憶測については黙ってた。わたしが言い出すってのはやっぱ問題ありそうだったし、頑丈なバケツを穴だらけにしてるんだもん、危険なものをとばしてることくらい、いっくら能天気な先生方にだって理解できると思ったしね。

それはさておき、おかげでわたしたちはただで貸してもらえそうな漬け物樽を探して葉崎中かけずり回るはめになったんだけど、そんな都合のいいもん、見つかるわけもなく時間切れ。クラスの出品はまたしても方向転換することになった。

この際、ふろふき大根にしちゃおう、って言い出したのが誰だったのか、わたしは知らない。漬け物樽を求めて走り回ったせいか、急に悪寒がして、気がついたら高熱が出ていて、原因不明とかで病院で血を抜かれ、結局、収穫祭三日前の丸一日、家でぶっ倒れていたからだ。

翌日、まだふらつきながら出て行くと、話は決まってた。なるほどふろふき大根なら、前日から大鍋で煮とけばいいだけ。失敗するほうがむつかしい。

放課後、クラスの女の子たちと畑に大根を抜きに行った。他のクラスはとっくの昔に収穫を終えていて、残っていたのはわたしたちのクラスの畑だけだった。

その畑を一目見て、わたしたちはショックを受けた。天知百合子にいたっては足をもつれさせ、その場に倒れ込んで大根を何本か折っちゃったくらい。

大根はぼろぼろだった。葉っぱにも地面から浮き出た根元の部分にも、でっかい穴があいていた。穴のまわりは黒ずんで、いかにも不味《まず》そうにしなびている。

「ちょっと、これどーするよ」

あとからついてきた黒岩有理ががみがみと言った。

「これじゃふろふき大根になんないじゃん。どーすんだよ、ミサキ」

「しかたないね。どうにかして、豚肉仕入れて、豚汁にするしかないんじゃん？　地面に出てない部分はまあ、大丈夫だろうし、葉っぱはゆでて刻んであとのせにしよう。にんじんとゴボウ、里芋は収穫済みだし、味噌は流用できるし、あぶらげくらいは地元のお豆腐屋さんのもんでもかまわないだろうし。そうだ、生徒会が七味とうがらし売るとか言ってたよね。あれとカップリングできれば、けっこう人気メニューになるかも」

「まかしとき。生徒会には貸しがある」

黒岩有理は指をぱきぱき鳴らした。

作業自体は思いっきりメンドーになったわけだけど、非常事態だけに文句を言うやつはおらず、その場ですんなりメニューは豚汁に変更になった。畜産科目をとってる男子が数人、牧場に豚肉の交渉に行き、あぶらげの手配もついた。教頭が裏山でとれた椎茸を干してるのを知ってた連中が、おべんちゃらとひきかえに十数枚、立派なのを手に入れてきた。前の晩から仕込みに入り、ほとんど徹夜だったけど、できあがった豚汁のうまそうなこと、ふろふき大根で頭がいっぱいだったわたしでさえ、豚汁に変更したのは正解だったと思ったほどだった。

でも、でもね。それはいいけど、なんか忘れちゃいませんか、ってんだ。

なんでみんなほっとくんだよ、尾賀章介を。

豚汁の一回目はあっという間に売り切れた。クラスメートがふたりがかりで、次の鍋を運んできて、わたしはお役ごめんってとこ。あとを譲って、校舎の前の水飲み場で顔を洗った。

それほど自分が神経質だとは思ってなかったんだけど、ひょっとしたらそうだったのかもしれない。なんだか、尾賀章介のことが気になって仕方がない。今度穴だらけにされんのは、大バケツでも大根でもなくて、わたしなんじゃないか、そんな不安にとりつかれてる。まだ熱があったのにムリしたせい……ってことなのかもしれないけど。

誰とも話す気がしなくて、ひとりで収穫祭を見て回った。お菓子研究会のパンプキンパイは、大人気みたい。ちょっと時期外れのハロウィンの格好をした売り子が、パイを片手に売りまくっている。

漁業部のコーナーは身動きもとれないほどの盛況ぶりだった。売り子の兄ちゃんがおばさんたちをおしのけて、「次回の入荷は午後二時になります。それまでお待ちください」と声を嗄《か》らして叫んでる。剣道部の焼きそばとか、読書クラブのあんず飴とか、あんまりイミのない屋台にもひとが集まっている。金魚すくい研究会の金魚すくいは、言うに及ばず、だけど。

だんだんひといきれで気持ちが悪くなってきたので、葉崎ファームの出張コーナーでソフトクリームを買って、校舎の脇のコンクリートのたたきに腰を下ろして、足下の小石を蹴飛ばしながら、ひとりでなめた。

そういえば、ここんとこ、ひとりでいることが増えてる。ひとと話すのもメンドーだし、なにか噂されるのもおっくうだし。

この学校は所帯が小さい。なにしろ、一学年九十人だもん。おかげで、噂が広まるのがめちゃくちゃ早い。ほとんど家族みたいなもんだよね、全員が全員のこと、よく知ってるってこと。だから、一度、人間関係からはじき出されると、回復はたいへん。だから、みんなちょっとばかりムリしても、波風立たないように、自分を押し殺してなんとか周囲にあわせてる。そうじゃないひともいるけどね。黒岩有理とか、天知百合子みたいに。あれほどずうずうしくなれたら、どんなに気楽だろう。

そんなことを考えながら見ていると、空になった大鍋を持ち上げて、運んでいく天知百合子が見えた。なにもないところで勢いよく転び、わずかに残っていた味噌汁を器用にも全身に浴びていた。

「……って、そりゃ尾賀がかわいそーじゃん」

笑いをこらえてふと気づくと、校舎の中から話し声が聞こえてきた。

「けどさ、ちょっとあいつもやりすぎたよな。いくら生き物じゃないったって、車に向かって小石はじくのは犯罪だよ」

「けど、夏の初めに一年の女どもがトラック事故らせて、おとがめナシだったじゃねーかよ。死人も出たんだろ」

わたしはそっと首をすくめた。

「あれはべつに、わざとやったんじゃないから。例の天知百合子がかんでたんだろ」

「不運の天知ちゃん」

「見た目はかわいーのにな。つきあうとしたら、そーとーの体力いるぜ」

「おめーなんか相手にされないから、心配すんなっての」

「尾賀の相手は、けど、天知ちゃんのクラスメートだったんだろ。なんつったっけ」

「内藤杏子《ないとうきょうこ》ってほら、あの体の弱そうな、細い女」

「なんで別れたんだ？」

「知るかよ。尾賀が落ち込みすぎて、メンドーみきれなくなったんじゃねー？　なにしろ、体育の篠田《しのだ》ですら最近じゃ尾賀には手を焼いてるって話だったし。体育倉庫の扉、ぼこぼこにしたのもアイツだろ？　登山道の標識とかも穴だらけで、生徒会長の、ほら、あのクソ生意気な」

「磯崎《いそざき》か」

「そうそう。先輩方の遺産をなんだと思ってるって、篠田に抗議したんだとよ」

「遺産って、先輩たちまだ死んでねーだろ」

「尾賀も素直にあやまっちまえばいいのによ。篠田にパチンコ取り上げられて、ソッコーで新しいの買いにいったって、小学生じゃないっての。すねてんのもひねてんのも、限界あんだろ。停学もムリないって」

「テーガクって、どんだけ？」

「三日。ほんとは一週間って話だったけど、篠田がだいぶ粘ったらしーぜ。あれ以上、悪いことは起こさせないから、軽くすませてくれって」

なんでだよ、とわたしは思った。これ以上、なにか起こってからじゃ遅いじゃん。なにか起こす前に追い出しといたほうが安全じゃないよ。

「それにしても、テーガク食らって、なおこの人混みに姿見せるって、度胸あるよな。先生とかに見つかったらマズくね？」

聞いていれば聞いているほど血圧があがりそうなヤな話だった。大急ぎでソフトクリームを食べ終えて、そそくさとその場をあとにした。やっぱ、小さい所帯ってサイアク。噂がどんどん広がってるよ。

校舎を見上げると、大時計が二時になろうとしているところだった。そろそろ戻ろうと思って、ぶらぶらと一年A組のブースにいった。豚汁の大鍋はついに三杯目に突入してた。さすがに売れる勢いもやや停滞気味ってとこか。それとも、黒岩有理の呼び込みがなくなったせいかもしれない。伝え聞くところによると、最初、生徒会長は豚汁と七味とうがらしのセッション案を、一言のもとに却下したそうな。だったら、アタシに半分売らせてみろよ、と有理が啖呵《たんか》を切って、結局のところ、半分だけうちのブースで売ることになった。

〈七味とうがらし完売しました〉という下手ででかでかとした文字が躍るポスターが、これみよがしにブースにはためいていた。腕まくりをして汗を拭いているクラスメートに訊くと、

「ユーリが自分で書いて、ざまみろって叫んで、どっかいっちゃったよ。代わりにテンコがゆずをもらってくることになってるから」

と教えてくれた。極悪腕力娘の姿は、なるほどどこにも見あたらなかった。

「誰かシメにいったって聞いたぜ」

男子がにやにやしながら教えてくれた。

「シメにって、誰を」

「さあな。さっき、やりやがったな、このヤローとかって、誰か追いかけてった。じいさんばあさんはねとばしてさ。でもって、体育の篠田がそのあと追いかけてって、他にも何人かついてって、結局、誰も戻ってこねーの」

「ユーリがお年寄りをはじきとばしたっての？」

「こえーな。にらむなよ、崎谷。何が起きたんだか知るもんか。オレは持ち場を守ってたの」

「よく言う、あんた、当番午前中のはずじゃないの。あんたの代わりに内藤さんが順番繰り上げで盛りつけ手伝わされたんだから」

「るせーな、剣道部で焼きそば作らされてたんだよ。こんなちんまいガッコでも、体育会系の上下関係はうるさいんだよ、ちゃんと来ただろ、大目に見ろよ」

「オレがひきずってきてやったんだぜ」

別のが自慢をし、言われたほうが言い返す。みんなが浮かれて、いつもよりちょっと興奮してるみたい。わたしはなんだかうんざりしてその場を離れた。

隣のブースでは、茶道部が相変わらずしずしずとお点前《てまえ》の真っ最中だった。うちの豚汁だけじゃなくて、さらにその隣のサンマとサンマにたらされてこげたしょうゆの香り、アーチェリー部のピザのにおい。全部がまじりあっているうえに、テンションのあがった高校生の大群に、山道を這い登ってきて頭に血が上ってる高齢者のみなさん、世界一エネルギッシュなおばさんの大集団、この喧噪《けんそう》の中、茶道部は大健闘してると言っても過言じゃない。この際、入部してみるべきなのかも。ちょっと、いや、かなり不安が和らぎそうな気がする。

そのとき、どこか近くで悲鳴があがった。たいした悲鳴じゃなかったけど、心臓がはねあがった。声の主を捜してみると、これが天知百合子で、バスケットに入れて運んできたゆずを、四方八方にまき散らしたところだった。

つんできたばかりなんだろう、ゆずの香りが爆発したようだった。それがあっちこっちに転がりだし、拾い上げたおばさんが知らん顔してポケットにおさめるのが見えた。にらんでやったけど、平気な顔してそっぽむいてる。ほんとにもう、ニッポンの礼儀とかマナーって、絶滅したよ。てか絶滅させたよ、おばさんが。

ゆずがひとつ、茶道部のブースにころころと転がり込んだ。屏風の裏、障子との間に入ったみたい。わたしはお点前のジャマにならないよう、ゆずを追ってこっそりと入り込み、拾い上げた。

次の瞬間、なにかの勢いで、足が滑った。

4

「ねえ、ホントに大丈夫？」

浜岡みいやが、わたしの腕にガーゼを置き、絆創膏《ばんそうこう》を十文字に貼りながら言った。

クールな茶道部も、いきなり屛風が倒れてきたときにはパニックになったみたい。その陰から、腕をおさえたわたしがにゅっと出てきたときの和服姿の三年生の顔ったらなかったね。チンプな表現で悪いけど、視線で人が殺せるなら、わたしはあのとき死んでたってとこ。

幸い、ゆず拾いに参加してたクラスメートが駆け寄ってきて、どうしたの、腕を見せろって大騒ぎしてくれた。腕の内側には、我ながらほれぼれするような、リッパなあざ。おかげで、茶道部の殺意はわたしから別の方面に移ったみたい。視線が障子へ、そして畳へと、いそがしく動き、口が、ああ、と動くのが見えたのだ。

「大丈夫、たいしたことないよ」

「だってこれ、相当な内出血だよ。ほんと、生き物は狙わないいんじゃなかったのかよって感じだよね」

関弥生がふくれっ面で言った。わたしはそらとぼけて、訊いた。

「なんのこと？」

「だからあ、三年の尾賀章介。絶対、あいつのパチンコだよ、怪我《けが》したの」

「よしなよ」

浜岡みいやが小声で言ったのに、関弥生はムキになって、

「だって、畳の上に小石が転がってたし、障子にもでっかい穴あいてたし。そりゃ狙ったのはひとじゃなくて、建物だったのかもしれないよ。だからって、あんないい加減な造りのお茶席狙えば怪我人が出るかもしれないことくらい、どんなバカにだってわかるわよ。こんな程度ですんだからよかったけど、へたしたら顔に傷が残ることになってたんじゃない？　打ち所によっちゃ、失明してたかも。ったく、あの尾賀のやつ、ひどいなんてもんじゃないね」

「まだ、そうと決まったわけじゃないんだから」

浜岡みいやが腕にアイスノンをのせてくれながら、遠慮がちに言った。

「けどさ、あいつ、車に石とばして停学三日のくせに、今日、何度も姿見られてるらしいよ。黒岩有理が見たって怒鳴ってたし、他にも男子がそんなこと言ってた。もっと処

分重くするべきだったんだよ。退学でも文句は出ないって」

「だから、よしなって」

浜岡みいやが関弥生を叱り、わたしのほうをむいた。

「じゃ、わたしたち、ブース手伝ってるから。その手じゃ重いもん持つの、たいへんでしょ。しばらく休んでれば」

お礼を言って、言われたとおりベッドに横になった。絆創膏から、黄緑色のあざがちょっとはみ出して見える。

痛みはもう、なかった。それより、ここ数日来の不安感が嘘のように消えて、なんだかサイコーの気分だった。起こるかどうかで頭がいっぱいのときは怖くてしょーがなかった。でも、起こってしまえばそれも終わり。

悪い予感はよくあたる。

でも、あたってしまえば、思ってたほど悪くなかった、なんてことは、結構、よくあるんじゃないかな。

悪い予感はこれで、ご破算だ。

熱の後遺症なのか、わたしはベッドでしこたま眠った。二時間は眠ってたみたい。気がつくと、日が暮れていた。収穫祭は本格的な後かたづけモードに入っていて、すでに一般客の姿はどこにもなかった。本日使い終わった割り箸は、これからキャンプファイアーに使用される。

気をつかってそっとしておいてくれたんだろうけど、誰も様子を見に来ないってのもなんだかさみしい。そう思ったとき、保健室のドアが開いて、黒岩有理が顔を出した。

「入るぜ」

他にもクラスメートがふたり。ひとりは天知百合子、もうひとりはうつむいていて、一瞬、誰だかわからなかった。

黒岩有理がパイプ椅子を引き出してきて、逆向きに座り、わたしをじっと見た。

「もう、怪我はいいのかよ」

「まあね」

「見せてみろよ」

「絆創膏、はがせっての?」

「いいじゃん。アタシ、傷見るの、大好きなんだ」

「ユーリさん、ご趣味が悪いですわ」

天知百合子がさとすように言い、黒岩有理はふくれっ面になった。

「よけーなお世話だ。傷見るのがイヤならプロレスファン名乗るなってんだ」

「ファンじゃございませんけど」

「そんな人間がこの世にいるのかよ」

黒岩有理はあからさまに驚いて見せてから、みんなの冷たい視線に気づいたらしく、咳《せき》払いをした。

「とにかくだ、ミサキ、誰にやられたと思ってんだか言ってみな」

「そりゃ、誰だってあいつを疑うよ。なにしろ、パチンコであれこれとばして、あっちこっち傷だらけにしてたんだから。停学くらっても、平気な顔でガッコに顔出してたわけだし。小石、障子の穴、腕の内出血とくりゃあ、他に考えようもない。絵に描いて額縁に入れたみたいな第一容疑者。ま、同情の余地があるほど、不運の連続だったとはいえ、バカにもほどがあるよね。これ以上なにかやったら、今度こそ退学になりかねない、まして、女の子に怪我さしたなんて、退学間違いなし、ってこと。でも……」

「ったくごちゃごちゃ、うるせーな」

黒岩有理が真っ赤な髪をひっかきまわして、そう言った。

「ずばっと言ってやれよ、ミサキ」

「んなこと言ったって、ユーリ、ものには順序ってもんがあるんだし」

「ねーよ、そんなもん。一言ですむ話じゃんか。な、テンコ」

天知百合子が小首を傾げて、うなずいた。

「わたしもそう思わなくはありませんわね。ミサキさん、はっきり言ってさし上げたらどうかしら」

「なんて」

「犯人はおまえだ！　って」

天知百合子はまっすぐわたしを見て言った。

「あなたの仕業でしょ、内藤杏子さん」

5

わたしはぽかんと口を開けて、天知百合子を見た。黒岩有理を見た。そして、もうひとりのクラスメートを見た。びっくりするほど平凡で、すぐ名前を忘れちゃうんだけど、ようやく思い出した。そう、崎谷美咲だ。

崎谷美咲は言いづらそうに、ちょっと唇をなめた。

「うん、そういうことなんじゃないの？」

「どうして？」

わたしはかすれ声で、聞き返した。

「だって、誰が見たって、尾賀章介のしわざでしょ。いま崎谷さんだってそう言ったじゃない。そりゃ、誰だってあいつを疑うよ、パチンコであっちこっち傷だらけにしてたんだから。停学くらっても、平気な顔でガッコに顔出してたし、小石が落ちてて、障子の穴、腕の内出血とくりゃあ、他に考えようもないって。そう言ったよね」

「言ったんだけどさ」

崎谷美咲は言いにくそうに、言葉を継いだ。

「でもね、あいにく尾賀章介にはもんのすごい完璧なアリバイがあるんだわ」

「アリバイ?」

「うん。あんたが怪我したちょうどそのとき、あいつ、ユーリにぼこぼこにされて、どぶろく丸の前に置き去りにされてたの」

思考が急停止した。どぶろく丸……?　ああ、葉崎ファームでいちばん性格の悪い雄牛のことか。

「でも、ぼこぼこって?」

「あいつがぶつかってきたんで、勢いあまってアタシが今度はしらねーじーさまを突き飛ばしちゃったんだよ。ったくよお、テーガク中のやつがぬけぬけと顔出すなってんだよな。しかも、わざとじゃねーなら、きっちりあやまれっての。アタシと目があったくせに、知らん顔で逃げ出しやがってよ。アタシはあーゆーやつがイチバン嫌いだっての。教師が訴訟怖くて体罰くだせねーよーだから、かわって愛のムチでおしおきしといてやったんだ」

尾賀章介の肩を持つつもりはさらさらなかったけど、黒岩有理ににらまれたら、たいていの人間はあとをも見ずに逃げ出すと思った。それから、わたしはようやくひとつ、反論を思いついた。

「そういうことなら、尾賀章介の仕業じゃなかったのかもしれないけど、だからって、それがどーしてわたしのせいなのよ。他に誰か、尾賀を真似してパチンコ打ったのかもしれないじゃない」

「確かに、そういうマヌケなコピー・キャットがいたとしても不思議じゃない。いまのところ、パチンコ使ったイタズラなら、なにやっても尾賀章介のせいにできるしね。だとしたら、茶道部のブースの裏から打ったってことになるんだけど——誰にも見られずにそれやるの、むつかしいんだよね」

「どーしてよ」

「ほら、茶道部の裏は漁業部の干すとクラブでしょ。事件の起こった午後二時には、葉崎漁業組合からの最終の入荷があって、ブース内はごった返してたのよ。あんななかで、誰にも気づかれずにパチンコ打つなんて、ムリだと思う」

　言われてみれば、干すとクラブで店員が叫んでいたのだった。次の入荷は二時だって。そして、あのときの時刻は確かに、二時ちょっとすぎのはずだ。校舎の大時計の時間を確認してから、クラスのブースを見に戻ったんだから。

　わたしはいそいで抜け道を探した。

「だったら、どっか思いきり遠くからとばしたのかもしれないじゃん」

「そりゃ、やろうと思えばできなくはないかもしれない。それに、ホントは狙いは茶道部のブースじゃなくて、干すとクラブのほうだったのかもしれない。たまたま石がそれて、運悪く内藤さんの腕にあたっちゃったのかもしれない」

「でしょ？　それがわかってんなら、なんでわたしを犯人呼ばわりするわけ？」

「そんな偶然よりも、内藤さんがやったってほうが、ずっとリアリティあるからさ」

　崎谷美咲はけろっとして言った。

「内藤さんは屏風の陰にいた。決定的瞬間の目撃者はいないでしょ。どっかで拾っておいた小石を床に落とし、障子に指で穴をあけただけ。それでパチンコの被害者ができあがりってことになるじゃない？」

「え、ちょっと待てよ」

黒岩有理が割って入った。

「障子に穴あけたら、紙の破れが向こう側に出ちゃうじゃん。外から打たれたのか中からあけたのか、すぐバレねーか？」

「指をひっこめるとき、紙の破れも一緒にこっち側に来るでしょーが。ユーリったら、障子に穴あけたことないの？」

「ねーよ。んなことしたら、ばーちゃんに死ぬほどどつかれる」

わたしはいらいらしてきた。

「肝心なこと、忘れてない？　わたしのこのあざはどうなんのよ。わたしが屛風の陰で、自分で自分の腕、ぶん殴ったとでも言いたいの？　いくらなんでも、そこまでバカなことしないよ」

「うん、それはないと思う」

崎谷美咲は落ち着き払ったもんだった。

「けど、そのあざ、できたてってことはないと思う。ほら、周囲が黄緑色になってるじゃん」

言われてわたしは慌てて袖まくりをおろした。

「できて数日、少なくとも半日はたたないと、あざって黄緑色にはならないと思うんだよね。それに、今日、内藤さんを見ててちょっと不思議だったんだ。今日は天気もいいし、風もない。それに、なんたって大鍋のそばにいるわけだから、暑くてみんな汗かいて、袖もまくってた。まして、内藤さんの作業って、豚汁の盛りつけだよ。袖が汚れないように腕まくりすんのがフツーでしょ。なのに、そうしてなかった。どうしてかな、って思った。で、この事件。その腕のあざが数日前にできてて、派手なあざだから誰にも見られたくなくて隠してた。とっさにそれを利用した。そう考えるとつじつまがあうよね」

こいつ、見た目も成績も性格も平凡だと思ってたのに、意外に細かい。

崎谷美咲の言うとおり、このあざは三日前にできたものだ。正確には、あざでもない。高熱出して倒れて病院にいって、血液検査をすることになった。看護師さんが下手っぴだったのと、わたしの血管が見えにくかったのと、ともかく、血を抜いてしばらくしたら、腕の関節部分にみっともない内出血がかなり広範囲にできてた。別に、隠すほどのものでもないけど、食べ物買いに来て、この腕じゃお客さんキモチワルイだろーなと思ったので、袖はあげなかった。袖口を気にしながら豚汁盛るの、けっこうめんどかったんだけど。

あとになって、これが役に立つと思いついたときは、けっこう嬉しかったんだけどね。まさか、名前も覚えてないようなクラスメートに見抜かれるとは思わなかった。

もう、あきらめて白状しちゃおうか、と思った。でも、崎谷美咲の、答えはわかってるけどね、とでも言いたげな顔を見たら、なんだかじたばたしたくなった。

「じゃあ聞くけど、わたしが崎谷さんの言うとおりの行動をとったとして、わたしはいったいなんだってそんなつまんないマネしたわけ？　イミないじゃん」

「うーん」

崎谷美咲がうなった。

「これは噂だけど、内藤さん、問題の尾賀章介とつきあってたんでしょ」

「えっ、そうだったんですか」

それまで黙っていた天知百合子がすっとんきょうな声を出した。黒岩有理が仏頂面で、

「テンコ、おめー知らなかったのかよ」

「あら、ちょっと待ってください。そういえば前に、内藤さんやユーリと尾賀先輩の話になって、わたしが女の子にふられたらしいって言ったら、ユーリさん、わたしのおなかどつきましたよね。あれって……」

「そーゆーこった。ふった当人の前で無神経なこと言い出すから、こっちは冷や汗が出

たんだけど、まさか知らなかったとはね」

「知ってたら言いませんわよ」

天知百合子は唇をとがらせた。崎谷美咲が咳払いをした。

「要するに、あのときの会話がまんま動機ってことでしょ。どういういきさつがあったんだか知らないけど、内藤さんは尾賀章介をふった。そのせいかどうか、尾賀はパチンコを使って破壊行為をしまくった。で、あんたはこわくなった。今度は自分が狙われるかもしれない、なのにガッコの処分は思ってたより甘いし、尾賀はパチンコをやめないし、意外にも周囲も尾賀に対して同情的だし。ようやく処分が出たら、テーガク三日。また、いつ尾賀と顔をあわせなきゃならないかわかったもんじゃないのにね。おまけに処分なんか無視して、尾賀はガッコに来てる。生き物は狙わないって誓ったのだって、どこまで本気だかわかりゃしない。で、あんたは考えた。パチンコによる本物の怪我人が出れば、今度こそ、尾賀章介は学校から追い出され、びくびくせずにいられるのにな、って」

わたしは長い長いため息をついた。

「ま、正解ってことにしといてもいいよ」

そう言うと、黒岩有理がほっとしたような顔になったのがおかしかった。わたしは笑

って、

「バカみたいでしょ。ちょっとノイローゼ気味だったのかも。三日前に突然、熱が出たのも、怖くてしょーがなかったせいだよ。尾賀くんさえいなくなってくれればって、それしか考えらんなかった」

「他人事みたいにおっしゃるんですのね」

天知百合子が悲しそうに言った。

「悪いかな」

「悪いですわよ。一度は好きでつきあったんでしょう？　もし、ユーリさんが尾賀先輩をぼこぼこにしてなかったら、尾賀先輩はやってもいないことで退学になってたかもしれないんですよ」

「だって、だったら、なんでわたしがこんな怖い思いさせられなきゃなんないのよ。尾賀くんが自分でまいたタネじゃない。誰もあいつにパチンコやれってススめたわけでもないのにさ。それとも、わたしがやられるまで、あいつを追い払えないっての？　そんなのおかしいよ」

三人はしばらく黙って、わたしを見ていた。ややあって、崎谷美咲が言った。

「まあ、このことはわたしたちの口から外へ漏れることはないから。先生に事情を聞かれたときには、自分でテキトーに言い訳作ってごまかすんだね。もっとも、いまさら尾賀章介のせいにするのはムリってことだけは、忘れないでよね」

じゃ、おジャマしました、と三人は立ち上がった。わたしはベッドに腰を下ろしたまま、子どもみたいにわめいていた。

「なんで？　どうしてみんな、尾賀くんの肩ばっかり持つの？　だいたい、なんでわたしがふったことになってんの？　ふられたのはわたしのほうなのに」

もうおまえとは会いたくない、そう言った章介の顔を、わたしは思い出していた。完全に他人を閉め出して、シャッターをおろしたみたいな、まるで知らないひとみたいな、そんな顔。

あの顔で、あいつがわたしに狙いをつけてるとこ想像するなんて、ほんとに簡単だった。

「あいつがひとを襲い始めるのは時間の問題だったじゃん。車をやって、畑の大根だって穴だらけにされて、今度は誰かに向かって石をはじくの、目に見えてたよ。わたしはちょっとだけ時間を早送りにしただけ。悪いことなんか、してないよ」

保健室から出て行こうとしていた三人のうち、崎谷美咲が振り返って、言った。

「内藤さん、わたしたちべつに尾賀の味方ってわけじゃないよ。げんにユーリがあいつぶん殴ったでしょ」

「そーだよ。ムカついたんなら、下手な小細工なんかせずに殴ってやりゃいいじゃん」

黒岩有理が拳をかためてそう言った。

「まだ、殴るとこ、ちっとは残ってるはずだしよ」

「内藤さんのほうが尾賀先輩にふられたんでしたら、内藤さんが襲われるわけないんじゃありません？　それに、ひとつ誤解してらっしゃる」

天知百合子が言った。

「畑の大根が穴だらけだったのは、パチンコのせいじゃないし、だからもちろん、尾賀先輩のしたことでもございません。三日前に降った雹のせいですの。うちだけ収穫が遅れて被害が出てしまった、それだけなんです。内藤さんもお野菜きざむの手伝われたんですから、大根に石だの銀玉だの、残ってなかったのはご存じでしょ。尾賀先輩がどれほどモノズキかは存じませんけど、あれだけ穴だらけにした標的から弾丸を回収したりはなさいませんでしょう」

三日前に、雹？　そう言えば、お客さんがそんなことを言っていたっけ。丸一日うちから出ずに寝込んでいたから、わたしは知らなかったのだ。

なんだか急に力が抜けた。崎谷美咲が言った。

「とにかく、内藤さんのこのひとり芝居、怖くてやったならいいとして、もし、尾賀にふられた腹いせでしたってんなら、女としてけっこーみっともないと思う。悪いけど」

わたしは首を振って、出て行く三人を見送った。

ベッドから見える校庭では、キャンプファイアーの準備が着々と進みつつあった。やがて、黒岩有理、天知百合子、崎谷美咲の三人が校舎から出て、準備に加わるのが見えた。

そうか、とわたしは思った。ゆずを手にして、ポケットにソフトクリームを食べたとき拾った小石が入ってることやあざに気づいて、そのとたん、まるでなにかにとりつかれたみたいにガラにもない芝居をうったのは、ふられた腹いせだったのか。

言われてみれば、そうだったのかも。

似つかわしくない三人組が肩を並べてしゃべりあってるのを、わたしは見つめていた。プラスマイナスゼロ。一緒にいるのが理解できない、ヘンな三人組。

彼女たちと話すことで、わたしはちょっとだけホントの自分に気がついた。

ひょっとして、殻に閉じこもってないで、誰かの目で自分を見てもらってれば、あんなバカなマネはしなかったのかも。もしかしたら、だけど。

わたしは立ち上がって絆創膏をはがし、袖をきちんとまくりあげた。

クリスマスの幽霊

～葉崎山高校の冬～

「イヤになっちゃうわ」

西本《にしもと》さんはふうっと煙を吐き出した。両脚には分厚くギプスが巻かれ、双方が金属製の吊り輪みたいなものに固定されている。

「酔っぱらい運転で歩道走行が許されると思う？　なのにアイツの女房ときたら、見舞いに来るなりあやまるどころか、子だくさんだの、金がないのってそればっかり。だから同情して、減刑嘆願書にサインしろだって。おまけに自動車保険が切れてただって。ありえないわよ。こっちは商売道具のカラダをこんなにされて、来月からどうやって食べていったらいいかもわかんないってのにさ。ね、ひどいでしょ」

「はあ」

わたしはアイマイにうなずいた。確かに気の毒といえば気の毒だ。歩道を歩いていて飲酒運転の車にひかれたんだから、一般的には同情に値する。

「けどよ、ねーさん。だからって病室で煙草はマズイだろ、煙草は」

ユーリこと黒岩有理が言い、西本さんから煙草をもぎとった。未成年喫煙者を代表しての発言だと思うと、なかなか感慨深いものがある。

「病室の壁には酸素が通ってんだよ。あんた『ER』観たことねーのかよ。酸素と薬品が煙草で引火して、病室が丸ごとふっとぶってハナシがあっただろ」

「あのねえ、いまのあたしの楽しみは看護師さんにお尻拭いてもらうことと、たまに煙草を一本やることだけなんだよ。かわいそうなケガ人のささやかな歓びをジャマして、クリスマス・エンジェルだかなんだかしらないけど、あんたら地獄に堕ちるよ」

「え、地獄？」

テンコこと天知百合子がショックを受けたように、かまえていたカメラをおろした。熱心なクリスチャンのテンコはともかくわたしとしては、なるほど、こともあろうにこのわたしたちが天使でございって、それだけで天罰がくだりそうな気がして納得しちゃったんだけど。

もうすぐクリスマス、という土曜日だった。ユーリが見つけてきたこのバイトは歩合制だ。できるだけ大きな成果をあげられればいいな、とわたしは思っていた。わたしは崎谷美咲、一緒にいるふたりの友だちへのクリスマス・プレゼントの費用と、いったいなにを贈ればいいのか、ほとほと悩んでいる平凡な女子高生だ。

テンコときたら、クリスマスってもとは異教の習慣でしたのよ、などと言うし、金持ちだからなんでも持ってる。ユーリはといえば、生まれてこのかたクリスマスなんか祝ったことねーよ、かーちゃんがカケオチしてから家庭行事っていや法事だけだね、という別のイミで型破りなお方。しかも、贈って喜びそうなのは鎖ガマか、年明け葉崎総合体育館で開催予定のルチャリブレの試合のチケットくらいなものだ。

「ところで、そのクリスマス・エンジェルって、どういうお仕事なの？　聞かせてくださいな」

　西本さんとは反対側のベッドから優しい声がした。名札に〈和泉《いずみ》静乃《しずの》〉とあるご高齢のご婦人だ。こちらも右脚に重そうなギプス。二週間前、突き飛ばされて駅の階段から落ちたときのケガだと聞いた。

　優しそうな丸顔、きれいになでつけられた銀髪、パジャマの上にキルト地のガウンを羽織り、肩にショールを巻き、なにかふわふわしたものを編んでいた。いつまでも若々しく、てな殺し文句でヘアカラーや高級化粧品、健康食品なんかを高齢者に売りつけ、もうけるのがあたりまえになっているいまの日本では希少価値だろう。ガラスケースに入れて飾っておきたいようなおばあちゃまだ。

「クリスマス週間に、いろんな方をおたずねして話し相手をしたりキャンデーを配ったり、ご用があればそれも承ります。なんでしたら、本の朗読もいたしますわ。何冊か持ってまいりましたの」

テンコはバスケットから、キャンデーケインという赤と白の杖型のクリスマス・キャンデーと、文庫本を数冊出して見せた。『ガラスの天使』『クリスマス・カロル』といった、短くて時節柄にあった本ばかりだ。静乃おばあちゃまは笑って、

「まあ、せっかくですけれど、小説は好きじゃないんです。嘘ばかり書いてあるんですから。あなたがたのお仕事は、現実的でけっこうね。家族もそうそう病人のご機嫌ばかりとってはいられないし、かまってもらえないと騒ぎ立てるひともいらっしゃいますしね。なかなか、面白いお仕事だわ。でも、いったいそれで、誰がバイト代を出すの？」

「キャンデー会社です。企業戦略と、商品の宣伝と、善意の訪問者を兼ねております」

テンコがよどみなく答え、西本さんがけたたましく笑った。

「善意の訪問者だっていうなら、アメなんかじゃなくてスコッチを一杯、頼むわ」

「ねーさん、ホステスさんなんだろ。いい機会だと思って肝臓も休ませてやれよ、顔にしみがでてきてるぜ」

西本さんはむっとして顔をこすり、ため息をついて天井を見上げ、大きな声で愚痴をこぼし始めた。ふと、ユーリを見ると、話し相手をしながらとりあげたはずの西本さん

の煙草をふかしているではないか。

ユーリはわたしの視線に気づき、慌てて立ち上がり、煙をまき散らしながら病室を出て行った。わたしは和泉のおばあちゃまのそばに寄り、小声で言った。

「ああいうひとが同室だと、たいへんですね」

「まあ、そんなに悪いひとでもないのよ。ひどい目にあって、めいってらっしゃるだけで。それにおたがいこんな脚だから、顔を合わせることもないしね」

「ここは二人部屋なんですか」

「ええ、そうなの。この病院には個室が少なくて」

「あ、わたしの父はこの病院の院長先生と知り合いなんです」

立ち直ったテンコがカメラを振り回しながら、言った。

「よろしかったら、個室、頼んでさし上げましょうか」

「頼んじゃったらどうですか。どうせ、入院費は保険会社が払うんでしょう」

わたしも口添えした。おばあちゃまはにこにこと手を振って、

「いえ、よろしいのよ。実は、ここの院長は甥なんですよ。でも、身内はあとまわしだって言うんですよ、ケガや病気の重さが優先するって。そういうひとなんです」

「……ご立派なお医者さまなんですね。病室もすてき」

病室の壁はクリーム色に塗られ、落ち着いたスモーキーピンクのカーテン。床は濃いブラウンでそれぞれの枕の上にはリースが飾ってある。病人には見えないわけだけど。

「身内に医者がいると安心だなんて言いますけど、そういう性格ですから、治療費をまけろなんて言えません。保険に入っておいてよかったわ」

「ちっ、イヤミなバアさんだよ」

西本さんが聞きとがめて大声を出した。

「なによ、こないだから保険保険って。あんた、保険の外交屋かい？　たいていの人間にはそんなにたくさん保険に入ってる余裕なんてないんですよ、だ」

「あら、まあ」

和泉静乃は困ったように優しげな顔をふった。

「人生なにが起こるかわからない。それはあなただって、身にしみて味わったでしょうに。先のことを現実的に見すえて手を打っておく。それがおとなというものです。ええ、今の世の中、何が起こっても不思議じゃないんですから」

そのとき、静乃おばあちゃまの言葉を裏づけるように火災報知器が鳴り響き、通風口から煙が吹き出してきた。

わたしたちは病院から離れた駅前のカフェで落ち合うことになっていた。まだ遠くでサイレンが鳴り響き、野次馬が走っていく姿が窓から見えた。

野次馬とは逆方向に、真っ赤なダウンジャケットのユーリが走ってきて、よっ、と手をあげるとわたしたちの前の椅子に滑りこみ、息も絶え絶えにアイスコーヒーを頼むと、グラスの水を一気に飲み干した。

「あー、ビックリした。もう炎がめらめら吹き出てさ、どーしようかと思ったぜ」

「ビックリしたのはこっちだって。あそこはあれでも病院なんだよ。やりすぎだよ、ユーリ」

「そうですわよ。ちょっとスモークを焚《た》くだけって、そうおっしゃったくせに。もしケガ人や……死人でも出たら、どうしたらいいんですか」

テンコはひそひそと言って涙目になった。ユーリはようやく息を整えて、

「全員避難できたって聞いたぜ？」

「そういう問題じゃありませんわよ。生きた心地がしませんでした」

「冗談じゃねーぜ、それじゃまるでアタシが火事起こしたみたいじゃんかよ」

「ちがうの？」

「アタシをなんだと思ってんだよ。犯罪者か？」

　これまでユーリが起こした数々の暴力行為が、わたしの脳裏をよぎった。ユーリはそれに気づいたらしく、

「少なくとも罪のない病人にひどいことしねーよ。西本のねーさんはベツだけどよ」

「で、実際のところ、何が起こったの？」

「リネン室の通風口から中に潜り込もうとしたら、なんか壁が熱くなっててさ。ヘンだと思って壁を蹴飛ばしてみたら、壁のひびがでかくなって、そっから炎と煙がいっぺんに吹き出てきたんだよ。火事だってわめく前に報知器が鳴るわ、病人が飛び出てくるわ、看護師さんが右往左往してるわ。にしても、あの病院ひでーな。看護師の数は足りてねーし、設備はぼろい。内装だけはリッパだけどよ」

「それじゃ、ホントにユーリさんが起こした火事じゃないんですね」

　テンコは言うなり、ぽろぽろと涙をこぼした。ユーリは赤くなって、

「バカヤロ当然だ。で、ちゃんと目的のものは撮れたのかよ」

「それはダイジョブ」

　わたしはテンコのバスケットからカメラをとって再生した。ベッドに放り投げられたギプス、放置された松葉杖、他人を突き飛ばしつつ、二本の足でそれはそれは迅速に走っていくところ。

和泉静乃おばあちゃまがはっきりと写し出されていた。

保険が大好きで、やたらといろんな保険に入り、しかもしょっちゅうケガだの病気だのになって、甥の病院長に診断書を書いてもらったり、入院させてもらったりしている、保険金詐欺の常習者……らしい。ま、少なくとも今回のケガが、本人の申し立てほどひどくないってのは、この写真がはっきりと証明していた。

善意の訪問者を装っておばあちゃまに近づき、ニセの火事で慌てさせてケガが嘘だと証明する、というのが今回の作戦だった。ユーリが通風口の中を病室の天井まで這っていき、発煙筒を焚く、というアイディアに、最初のうちわたしもテンコも猛反対した。同室者はどうなる、というのがその理由だった。

ところがじきに、新たな事実が判明した。西本さんは確かに飲酒運転の車にはねられたんだけど、その運転手は西本さんの店の客で、西本さん自身が酔っぱらわせた。でもって、どうしても車で送れと言い張ったうえに、彼の財布から勝手にお金を抜いて逃げ出した西本さんを客が車で追いかけ、起こった事故だった。

少なくとも、お客の奥さんをののしることじゃないよね。

で、反対もうやむやとなり、計画を実行に移したところがこんな騒ぎになってしまったわけだ。

でも目的は達成できた。詐欺師に罰が当たり、成功報酬をもらえてクリスマス・プレゼントが買える。

おまけに、よく考えてみると、わたしたちがあんな無謀な作戦を展開しなかったら、ユーリはリネン室の壁なんか蹴飛ばさなかったし、そしたら火事は表面化せずに壁の奥でひそかに進行し、みんなが寝静まった真夜中に大火災、なんてことになってたかもしれない。そうなってたら、少なくとも西本さんはゼッタイに助からなかったと思う。あのときは、わめき散らす西本さんをわたしとテンコがふたりがかりで病院から担ぎ出したんだけど、夜中だったら救助の手が足りたとは思えないもの。

これはもう、クリスマスの奇跡と言ってもいいんじゃないかしら。ね？

「それにしても、テンコの嘘のうまいのには驚いたよ」

ようやく人心地ついて、わたしたちは店を出て、笑いあった。笑う息がそれぞれの顔の前で白く丸くなる。

「キャンデー会社ですわ、だって。実は詐欺師のサイノー、あるんじゃねーか」

「人聞きの悪いこと、おっしゃらないでください。それにしても」

テンコはいたずらっぽく笑った。

「あのおばあちゃまも小説は嫌いだなんておっしゃらず、『クリスマス・カロル』くらい読んでおくべきでしたわね。クリスマスに三人の天使が現れたら、悪は改心させられるに決まってるんですから」

「なんのこった。なー、それよりアタシ、腹減ったよ。ラーメンでも食いにいこーぜ」

寒いしよ、と言って、ユーリはいきなりテンコの手をとって走り出した。あとを追いかけながら、わたしは思った。『クリスマス・カロル』に出てきて、守銭奴のスクルージを改心させるのは天使じゃなくて、三人の幽霊じゃなかったっけか。

暮れかけた曇り空に、消防車のランプが赤く反射していた。

たぶん、天使は負けない

～葉崎山高校の春～

1

「なんか最近、アタシら死体に縁がねーか?」

ユーリは真っ赤な髪の毛を、真っ赤にマニキュアを塗った指でいじくりまわしながら言った。

「ったく、誰のせいだっつーの。楽しいコーコー生活に死体ってフツー、関係ねーはずだろ。まいっちまうぜ」

そうは見えませんが、とツッコミかけて、わたしはため息をついた。

「まいっちゃうのはユーリじゃなくて、テンコちゃんのほうでしょ」

「テンコはいいんだよ、人生ベンキョーなんだから。『学問のできるえらーいひとよりも、なんにも知らぬ苦労したひと』って、三代目三遊亭金馬が……あれ? おい、ミサキ。アタシら、前にも同じような会話しなかったっけか」

「そうだっけ」

「したさ。……たぶん」

「なんだそれ」

「あー、アタシなんか急に、焼き肉食いたくなってきた」

「よく食欲がわくね、この場所で」

あたしたちがもたれかかっているのは、大きなケヤキの樹だった。通学路になっている山道から二メートルほど入ったすぐのところにあって、うっそうとした木立に囲まれてぽつんとひらけた秘密基地みたいな場所だ。いけ好かないクラスメートを呼び出してヤキを入れるとか、性欲ざかりの高校生カップルが使用するのにもってこい、と言えなくもないが、寒いわ暗いわ牛糞が散らばっているわで、そんな勇気のある人間はめったにいない。てゆーか、あまりにも人目につきにくいから、たぶんみんなこんな場所のことなんか知らないんだろうと思う。

このところ、ずっと雨がないので、三月の海辺の町でさえ空気が妙に乾燥していて、ちょっと咳が出た。目の前の落葉樹の枝に、数枚の枯れた葉がへばりついている。

ユーリが煙草に火をつけ、思い切りよく煙を吐き出した。

「ちょっと。ここではやめときなよ」

「んなこと言ったって、臭いじゃんよ。煙草でごまかすしかねーだろ。でなきゃあれこれメンドーなことになりかねねーよ」

「いくら世の中が青少年に甘いからって、女子高生がおおっぴらに喫煙してんのがバレたらもっとメンドーだよ」

ユーリはわたしをにらみつけたが、それでもおとなしくキティちゃんのポケット灰皿に吸いさしをねじ込んだ。

「にしても遅っせーなあ、テンコのヤツ」

「懐中電灯とって着替えてこいって言ったのは、ユーリだよ」

「そりゃそうなんだけどさあ。ったくよお、こんなメンドーに巻き込みやがったのはいったいどこの誰だっつーの」

あんただよ、と再度ツッコミかけたとき、天知百合子さまことテンコの姿が現れた。いつものように小首を少し傾げられ、緑の黒髪とうるんだ瞳がランプの炎に輝いていた。えんじ色のイモ・ジャージを着ていてなお、これほど天使のように見える女は葉崎、いや神奈川中を鉦や太鼓で探し歩いてもそう見つかるものではない。

テンコさまはわたしたちに気づくと、にっこりと微笑んだ。ランプをかかげ、お待たせいたしました、と言いながら歩み寄ってきた次の瞬間。

テンコは地面に丸くなっていた蛇にけつまずいて、いきなりこけた。

「ひいいいいいいっ」

悲鳴とともにテンコは前につんのめり、顔面で着地した。はずみで手にしていたランプが飛び、こちらに放物線を描いて落ちてきた。火のついたままのランプはわたしたちの目の前に落ち、ガチャン、ボッ、ドカンといった音とともにもくもくと黒煙が立ち上り始めた。

わたしはケータイを取り出して消防に電話をかけた。

2

わたしは崎谷美咲という。神奈川県のど田舎、葉崎市立葉崎山高校の一年生。親の年収も世間並みなら、成績・運動能力・容姿・身長体重バストヒップはおろか靴のサイズまですべて全国標準で、歩く平均値という異名をちょうだいしている。ま、こんなご時世だから、平凡ってだけで恵まれているんだろうとは思う。同級生のユーリこと黒岩有理の強烈なビンボー生活を知ってると、特にそう思う。

ユーリの父親は、彼女が生まれたその日に漁協長の女房と駆け落ちをした。ユーリの母親は逆上して駆け落ち相手の夫をぶん殴り、傷害罪で告訴され、そのとき親身になってくれた刑事と不倫してこれまた蒸発したそうな。で、母方の祖母に育てられることになったんだけど、とにかくビンボーで、幼い頃のユーリとその兄貴は海岸で勝手に貝や岩海苔《のり》を採ったり、側溝の蓋を売り飛ばしたり、ひとんちの植木を掘り起こして持ち去ってよそさまの家に植えてほめられてお小遣いもらったりして暮らしてたそうだ（念のため言っとくけど、犯罪だよ全部）。

もっともこの話、日によって父親の駆け落ち相手がヤクザの組長の愛人になったり、母親の不倫相手が小学校の教師になったり、三浦《みうら》大根を一抱え盗んだことになってたり、ビミョーに変わるんで、どこまでホントだかわかったもんじゃないんだけどさ。

ともあれ、ユーリは極悪腕力娘とあだ名される不良にすくすくと成長し、神奈川中の大ばかもんが寄り集う葉崎西高校に進学、ここら一帯をシメ倒して一時代を築く――予定だったらしいんだけど、運悪く受験の日、西高にたどり着けず、二次募集で葉崎山高校にやってきた。

山高は葉崎近辺の中の中というレベルで、本来なら逆立ちしたってユーリが入れるようなガッコじゃないはずなんだけど、その名の通り葉崎山のてっぺんにある、という地の利（？）のおかげで毎年生徒数が大幅に定員割れする。葉崎ファームという牧場を横目に見ながら、山道を毎朝クロスカントリーするという独自の登校スタイルが、脆弱《ぜいじゃく》な現代の中学生たちのあこがれを招くわけ、ないもんね。

なので、ニジボでは、ワンス・アポン・ア・タイムをオンス・ウポン・ア・チメと読んだとか（だって、そー読めるじゃんかよー）、三分の一足す二分の一を五分の二と計算するとか（べつにそれで話はつーじるだろーが）、鎌倉時代は江戸時代のすぐ前だった（なんでだよ、鎌倉は江戸と近いじゃんか）と思ってるようなトンマでも、まず受かる。もちろん、どんなに賢いお嬢さまでも受かってしまうんだな、これが。

天知百合子ことテンコは、美貌と明晰な頭脳を併せ持って生まれ出《い》でた正真正銘のお嬢さま。乗馬から日舞から茶道華道書道、星座占いから四柱推命、日本画に印刻その他その他、持ってる特技は数知れず——なのだが、同時にとんでもなく、とてつもなく、ありえねーっ、と叫びたくなるほど運が悪い。のっぴきならない不運の連続に見舞われ続けたテンコは、本人曰《いわ》く神の啓示を受けて、山高に来るはめになった。

まったくテンコの不運は、毎日目にしているわたしですら、ときどきなにかの間違いではないかと思えるほどすさまじいものがある。

ものすごく性格の悪いバラエティ番組ってあるでしょ。下っ端の芸人とかを笑いものにしたり、バカにしたり、喜ばせといてひどい目にあわせるようなやつ。あんな番組放映してる放送局が、イジメをなくそうなんて、どの面下げて言えるんだよ、ってツッコミたくなるような。テンコについてる守護霊は、ああいうバラエティ番組のプロデューサーか放送作家だったんだと思う。

通学路になってる葉崎山の山道は、そりゃ確かに悪路ではある。学生はもちろん教師だって、遅刻したことのない人間はひとりもいないくらいで、全員一度は転んでいる。でも、頭上で鴉《からす》に糞を落とされたり、木の根にけつまずいたとたんにその木が倒れてきたり、一陣の風とともにツタウルシがひとかたまり飛んできてひっからまり、上半身がホラー・レベルに腫《は》れ上がったり、牧場の柵が倒れて数頭の牛が猛スピードで突進してきたり——という目にほぼ毎朝欠かさずあっているのは、葉崎山高校創立以来、テンコしかいない。

先日も、今日こそは遅刻せずにすまそうと一時間も早く家を出たら、いきなり乗っていた電車に乗用車がつっこんできたそうだし、翌日、今度こそとやはり一時間早い電車に乗ったら酒乱のオヤジが包丁振り回して暴れ始めたそうだし、その翌日、絶対に今日こそはと二時間も早い電車で葉崎に到着、山道を登り始めたらモーレツな雨が突如として降り始め、小規模の土石流が起きて下の国道まで押し流された。その日、わたしたちが登校する時間帯には雨はきれいさっぱりあがっていたんだけどね。

さらにその翌日、テンコは三時間も早く家を出て、念願叶《かな》ってブジに、なにごともなく学校にたどり着いたんだけど、疲労と寝不足で机につっぷしたまま眠ってしまい、気がついたら夜の九時だったんだそうだ。

「どうしておふたりとも、起こしてくださいませんでしたの」

と、テンコはぷんぷんして、わたしとユーリに言ったもんだ。

「爆睡はあたしの専売特許なんだからよ、テンコにやられちゃアタシの立つ瀬がねーよ」

詰め寄られたユーリはしどろもどろに答えていたが、そもそもその日は日曜日だった。いつもざっとこんな調子で、曜日を確認し忘れたのは本人の大ボケだけど、たいていの場合、テンコの不運は本人のせいではない。常に、必ず、間違いなく災厄に出くわすという星回りのもとに生まれてきたわけだ。

山高に入学し、テンコと出会ってまもなく一年。最近ではさすがに慣れてきたものの、面白すぎる毎日を送らせていただけてるとわたしは思う。テンコの座右の銘は「神は愛するものをこそ試練にあわせたもう」というもので、不運な目にあえばあうほどテンコは「わたしって神様に愛されているんですわ」と舞い上がるわけで、気まずくもないし。

もっとも、時と場合によっては、大事件がボッパツし、そばにいるわたしとユーリも否応なく巻き込まれ、「面白すぎる」なんて言ってる場合じゃないことになるんだけどね。

さて。

今回の、ことの起こりはというと。

年が変わって卒業式シーズンがやってきた。毎年、わが山高では卒業式の前日の午後、一年生と二年生のなかから有志を募り、いろんな出し物をやって卒業していく先輩たちを楽しませ、気持ちよく送り出す、ということになっている。その会の名はといえば
――卒業生を送る会。気持ちがこもっていないことはなはだしい。

まあ、たいていは収穫祭でウケたバンドとか、郷土芸能研究会の葉崎ミズチ舞とか、手品研究会の手品とか、老人ホームの慰問ていうか、素人隠し芸大会っていうか、そういうレベルの出し物が続く、地獄のように退屈な催しらしい。でも伝統っていうのは恐ろしいもので、創立以来五十年続いている会だから、よっぽどのことがないかぎり誰もやめるとは言い出せない。

なんて冷めたこと言ってるくらいだから、わたしはこの会になんの興味もなかった。ま、皆さん、頑張ってくださいね〜、と逃げだすつもりだったのだが、

「なんでだよ。やろーぜ、なんか一緒に。テンコとミサキとアタシでさあ」

お昼の学食で、ユーリが大声で言い出したもんだから、予定が狂った。

「いや、でも、やるってなにを」

「そりゃあおめー、三人でやるんだから、その、娘義太夫とかよ」

わたしは学食の冬限定メニュー・白菜とベーコンの重ね蒸しを喉《のど》に詰まらせた。

「娘義太夫って、なんですか」

テンコが無邪気に訊いた。ユーリは目をむきだして、

「テンコ、おめー、ホントに浮世のことにうといよな。さっすがお嬢だぜ」

うといのはユーリのほうだと思うんですけど。てゆーか、あんた、その天然記念物並みの音痴で卒業生を送り出すつもりなんかい。

って言いたかったけど、わたしは言葉を飲み込んだ。以前、三人でカラオケに行って、ユーリのあまりの音程狂いとリズム感のなさに笑ったら、ユーリが涙ぐんでしまったのを思い出したのだ。髪から爪から唇まで真っ赤で、こいつが歩くと自然とひとが左右に避《よ》けて、ほとんどモーゼの『十戒』みたく道ができちゃうようなコワモテ系に泣かれると、調子が狂う。

「歌は他にも山ほど出るひとたちがいるし、飛び入りするほど時間が残ってないんじゃないの？」

わたしがさりげなく尋ねると、ユーリはそれはそれは嬉しそうな顔をして、

「いや、ダイジョーブ。ちゃんと生徒会に乗り込んでって、ひとコマがめといたから

よ」

「まあ、ユーリさん。さすがですわねえ」

テンコはにっこりと微笑み、ユーリはほめられた犬みたいに鼻を突き出し、わたしは再びむせかえった。誰の許可を受けて、勝手にそんな真似を。だいたい出し物も決まってないのに、なんだって生徒会はユーリにひとコマ与えたりしたんだ。――いや、まあ、去年の秋に改選されたばっかの現生徒会長は気が弱いので有名だし、そうでなくてもユーリにすごまれてイヤだと言える人間はそう多くはないから、しかたがないが。

「あんだよ、ミサキ。ノリ悪すぎだぞ。学園生活は二度とねーんだぞ。ああいうイベントに参加して、思い出いっぱい作んなきゃよ。踊る阿呆に見る阿呆って言うじゃんか。将来ああ、しまった、学生時代の思い出写真がねーじゃねーかよっ、って気づいたって、二十歳《はたち》すぎてからセーラー服着るわけにもいかねーんだぜ」

「着ればいいじゃん」

わが葉崎山高校には制服がない。ユーリ愛用のセーラー服は、横須賀かどっかのドン・キホーテで買ってきた、いわばバッタもんである。このぺらぺらな服の上に真っ赤なセーターを着て、ユニクロの真っ赤なダウンを羽織って歩いてるわけだから、セーラー服を着ている意味なぞ、ほとんどないのだが。

ユーリは豚まんをほおばりながら、バカにしたようにわたしを見た。

「あのなー、二十歳すぎてセーラー服着てんのはフーゾクかお笑いだけだ。ナメられっぞ、んなことすっと」

「まあ、そうなんですか。奥が深いんですのね」

テンコがすっとぼけた感想を真顔でもらした。十六歳の現在でも、バッタもんのセーラー服を着ていれば大きな誤解を招きかねないと思うんですけど。

「そんなことより、早く出し物を決めなさいよ」

わたしはあきらめてユーリに言った。このふたりとつきあうようになって、わたしは人間あきらめが肝心であることを骨身にしみて悟ったのだ。ユーリもテンコもその気で、しかも約束済というんだから、イベント参加に反対したってしょうがない。ていうより、なんとかまともな形におさめなくっちゃなるまい。

「えーと、そうだった。で、娘義太夫……」

「却下」

「あら、それ、いけませんの？」

テンコに答えたのは意外にもユーリで、

「あれは冗談だって。インパクトねーし。これから習いにいくんじゃ間に合いそうもねーしな。ひとコマ十五分もたせるのもつらそうだし」

　は？

「ひとコマって十五分もあるの！」

「なんか今年は時間があまってるらしーんだよ。生徒会の連中、アタシが出場希望してるっつったらよ、涙流して喜んでたぜ」

　そういえば、去年の〈卒業生を送る会〉の午前の部は、葉崎在住のハードボイルド作家・角田《つのだ》港大《こうだい》先生の講演会だったと聞いた。噂じゃ先生はかなりさばけたお方だったようで、スコッチの瓶を片手に酒の飲み方についてえんえんと蘊蓄《うんちく》を傾けられ、しまいには十五歳での初体験について微に入り細をうがって語り尽くされたそうな。このあまりにもブンガク的な講演会に衝撃を受けた学校当局が、毎年生徒会におろしていた予算を今年にかぎって大幅にカットし、したがって外部の人間を呼べなくなったというわけだ。

「そういうことなら、持ち時間十五分もわからなくはないけど、それなりに面白くてその時間もたせるって出し物なんてある？　しかも、やるのがわたしたちなんだよ」

　ユーリが真っ赤な唇を、にやーっと動かしてみせた。

「で、実はいい考えがあんだよな」

3

　ユーリのいい考えとは、彼女の知り合いのパフォーマーの得意芸を許可をもらって披露する、というものだった。

「東銀座の奥に古い郵便局があんだろ。あそこ最近、小劇場になったんだけどよ。こないだ行ったら、シドモア富士山《ふじやま》ってアーチストがめっちゃクールでインパクトなパフォーマンスやってたんだよ」

「ミサキさん、ご存じですか」

「聞いたこと、ないけど」

「そりゃシドモアはまだ知られてねーもん。最先端に強いアタシだから知ってるようなもんだし」

　ユーリは思い切りふんぞり返り、興奮してしゃべりまくった。

「アタシはシドモアのパフォーマンスには、マジ、感動したね。終わったあと楽屋に押しかけてってサインしてもらってさ。むこうも自分のゲージツの理解者だって、アタシのこと気に入ってくれて。帰りに居酒屋で一杯おごってやったら、喜んじゃって。もう、アタシとシドモアってマブダチ？　いやあ、ちょっとあつかましいかなあ。でも、もう五回も見に行ったんだぜ」

「で、どんな芸術をやるわけ、その、アーティストは」

「そりゃアーチストなんだからゲージツだよ。なんてかさ、奥が深いっていうか、哲学的ってのかな。とにかくすげーインパクトなんだよ」

だから具体的に説明しなさいよ、と、ボキャブラリーに乏しいユーリをせっついてもしかたがないので、わたしたちは放課後、東銀座の小劇場にでかけた。

葉崎東銀座商店街は葉崎駅の北口側にある。山高とは正反対の方角で、来るのは中学卒業以来だ。意外なことに、さびれ果てたしょぼい商店街だとばかり思っていた東銀座は記憶よりもずっと、頑張っていた。ちょっと昭和チックな店構えの多いレトロな商店街になっていて、合間に夏向きのカフェや雑貨店がシーズン・オフにもかかわらず店を開けていた。ひともそこそこ入っている。

問題の小劇場は、明治時代に建てられた石造りの郵便局を改築したもので、入口に〈葉崎小劇場・シアターポスト〉という看板が掲げられていた。地元の悪口は言いたくないけど、葉崎市民ってのは温暖な気候のせいで脳みそのしわが伸び切っちゃってるような気がする。ちょっとベタすぎませんか、この命名は。

入口でひとり三百円の入場料を払ったら、座布団を手渡された。中に入ると客席部分は畳敷きで、客はそこにだらしなく自分の座布団を敷いて、舞台を眺めていた。

てか、いないじゃん客。三人しか。全員座布団を枕にして寝てるし。その三人すべてまごうことなきお年寄りだし、枕の位置は北向きだし。わたしは昔聞いた都市伝説を思い出した。ニューヨークの劇場の天井桟敷《さじき》にシルクハットをかぶった客が座っていて、ある日、またお目にかかりましたねって話しかけたら、相手はミイラだった、ってやつね。

舞台で演じられていたのは、かなりレトロな手品だった。寝ている（んだか死んでるんだか）客を相手にちんたら演じていたドクター・タイタニックなる手品師は、女の子が三人も入ってきたせいかにわかにやる気を見せ始め、箱の中から万国旗と花束と色とりどりのシルクをばんばん出し始めた。今時これで喜べと言われてもな、と思いつつ、でもせっかくこっちを意識してくれてんだから感心してるようにせねば、と気を遣いつつ、金ぴかのスーツ上下にものすごくかかとの高いブーツにシルクハット、フーディニばりの口ひげの貧相な手品師を精一杯ににこにこしながら見ていたが、終わって彼がお辞儀をすると、テンコがスタンディング・オベーションをしたのには驚いた。正確には、立ち上がろうとして派手にすっころんでまで拍手をしていたのに驚いたんだけど。

「ステキでしたねえ」

テンコちゃんはいつものことで、気にせずににこにこしながら立ち上がった。

「わたし、手品はやっぱりああいうのが好きです。派手だったりむつかしかったりするのは苦手です」

「むつかしい手品って？」

「タネがよくわからない手品です。わたし、手品をちょっと習ったことがあって、箱からものを出すのは得意なんです」

テンコはマジックのネタをいかにも嬉しそうにばらし始めた。

「んな古くさい手品、どーでもいーよ。そろそろシドモア富士山の出番だよ」

ユーリがにべもなく言い放った次の瞬間、舞台が暗転した。武満徹《たけみつとおる》のパクリのような音楽が低く流れ始め、舞台の中央にスポットライトがあたり、座布団の上に正座した男が現れた。

男はがりがりに痩《や》せて、髪をおどろに振り乱し、和服をだらしなく着付けている。なんだかどっかで見た覚えがある、とわたしは首をひねったけど、どこで見たのかは思い出せなかった。まあ、あえて言うなら芥川龍之介《あくたがわりゅうのすけ》が腐ったようなルックスだから、そのせいだったのかもしれない。

男は客席をにらみ回すと、突如、雷鳴のような大声で叫んだ。

「因果応報！」

寝ていたとおぼしき客たちが、文字通り飛び上がった。正直に言うと、わたしも飛び上がった。シドモア富士山は、今度はつまらなそうにぼそぼそとなにやらしゃべり始めた。

「親の因果が子に報い、われの父、五十年前葉崎山にて蛇を追い、これを殺したが因果のはじまり、身は痩せ、四肢萎《な》えて、蛇のごときその死にざま――」

シドモア富士山はじろり、と客席を見渡した。

「されどわれは死なず！　死を恐れず、呪いをも恐れず。その証拠に、見よ！」

シドモア富士山はふところに手を入れて、蛇を引っ張り出すと、ぐるりと周囲に見せつけた。シドモアの手の中で暴れる蛇。ひとしきりおさえつけると、彼はやにわに、がぶり、と蛇の頭を噛みちぎった。テンコがわたしの左腕にひしとしがみつき、ユーリが右腕をぎゅっと握りしめた。客席に声にならない恐怖の叫びが充ち満ちた。シドモアは血をぼとぼとたらしながら蛇をがぶり、がぶり、と食べ続けていく……。

すべてが終わって灯りがついたとき、テンコは真っ青、逆にユーリは興奮で真っ赤に上気していた。

「どうよ。すっげえ、新しいだろ？　サイコーのインパクトだと思わねーか？　アレだよ。アレしかないよ。アレでひとつ景気よく、卒業生を送り出そうぜ。な？」

　わたしは返事に困った。だって、以前、両親や祖父母と一緒に新宿の花園《はなぞの》神社で見た〈蛇女〉っていう見世物とまるっきり同じなんだもん。じいちゃんたちの子どもの頃からある見世物で、みんな懐かしいだのなんだの、しきりに盛り上がってた。帰ってから調べてみたら、ああいう見世物って江戸時代からあったらしいのね。だからその、全然新しくない。むしろにっぽんの伝統芸能なんだわ。

　それよりなにより、

「つまり、卒業生の前で蛇を食べるっての？」

「そうだよ。クールだろ」

「念のため確認するけど、十五分間、蛇を食べ続けるっての？」

「そりゃあ……まあ、たいへんだよな。顎《あご》も疲れるし」

　そういう問題じゃないっ。

「だから、ひとり五分ずつでリレーするってどうだよ」

「わたしもいただくんですか」

テンコが目にいっぱい涙をためて、ユーリを見た。ユーリが困ったように頭を掻《か》いて、

「そういや、テンコは蛇が苦手だったよな。なんなら別バージョンでもいいぜ。呪いをかけたのがゴキブリってパターンもあるんだ」

わたしとテンコは手をつないだまま、思いきりユーリから後ずさった。

「どしたんだよ、ふたりとも」

「ぜったいにヤ！」

わたしたちは口をそろえてわめいた。

「どうしてもユーリがやりたいってなら、ひとりでやって。人前で蛇を食べるなんて、わたしはぜ〜ったいにヤダ」

「人前でなくてもイヤです」

テンコが付け加え、わたしも慌てて大きくうなずいた。

「菊の花でも浮かんでるスープってなら考えるけど、生きてる蛇をナマで、丸ごとなんて、冗談じゃないよ」

ユーリはびっくりしたように目を見張っていたが、にわかにしょんぼりとなってうつむいた。

「でも、あれはれっきとしたゲージツなんだぜ？　アタシ、バカだからうまいこと言えねーけど、とにかく、あんなことまでやっちまうって、スゲー根性だろ。あたしはそれにサイコーにしびれたし、卒業生だって感動さしてやれると思うんだ。人生は戦いの連続だろ？　卒業したあと、ヤなこととか、あったまくることとか、へこみまくることとか、もう、次々やってくるじゃねーか。けどさ、そんときに、ナマの蛇食うような人間もこの世にいるんだよなって思い出したらさ。ちっとは気持ちがラクになって、明日からがんばろうって気になると思うんだよ」

「まあ……ユーリさん」

テンコが目に涙をためて、両手を握りあわせ、お祈りをしているようなポーズになった。

「ごめんなさい。あの、わたし、ユーリさんがそこまでお考えになってらっしゃるとは思わなくて。ただもう、気持ち悪いの一心で逃げだそうとしたりして」

「いいんだ。ま、確かに気味わりーのは気味わりーもんな。テンコみたいなお嬢がひくのはムリもねーってかさ。けど、アタシ、おめーらだったらわかってくれるんじゃねーかって思ったんだよ。本物のゲージツのインパクトってやつをさ」

「ユーリさん。わたし、決めました。ユーリさんのお手伝いをします。蛇——は食べられないけど、ええと、ゴキブリ——もムリですけど、なにかもうちょっと甘くて口当たりのいいものだったらお手伝いできると思うんです」

「テンコ！」

「ユーリさん！」

ふたりはひしと抱き合って、それからそろってこちらを見た。

わたしだって、ユーリの言葉にちょっと――ほんとにちょこっとだけど、心が動いたってことは認めておこう。ま、見た目が怖いわりに中身は単純素朴で、人がいいのは前からわかってたことだし。

でも、でもですよ。蛇食いを見て、明日からがんばろうって気になるか？　ヤなもん見ちゃった、って思うのが関の山じゃないかしら。

いくらふたりが盛り上がっていようが、たぶん、そのままだったらわたしは友情にひびを入れてでも逃げ出していた。ふたりの視線を避けながら小劇場を出て、目の前にある葉崎ファーム直営の肉屋の店先で、シドモア富士山がソーセージを買ってるのを目撃しなければ、絶対にそうしてた。

ソーセージはブラッドタイプの黒いもので、長さはさっきの蛇とちょうど同じくらいだった。

4

三学期の学期試験が終わると、わたしたちは〈卒業生を送る会〉の準備にとりかかった。

たんなるソーセージを蛇っぽく加工し、血に見えていたのはケチャップだった、ちなみにゴキブリは飴細工（なんで飴細工かわかる？　嚙むとバリバリ音が……ぎゃーっ）という裏事情を知って、ユーリが荒れ狂ったのは言うまでもない。わたしはむしろ、偽物だとわかってシドモア富士山を見直す気になったんだけどね。だって、マジで生きてる蛇に見えたんだよ。すごい演技力ってことじゃない？

少なくとも、ユーリに胸ぐらつかまれて、東銀座中ひきずりまわされるほどひどいことしたわけじゃないと思う。

なんてとりなしてもいっさいダメで、ユーリときたら、

「インチキだ。デタラメだ。あんなのとマブダチだなんてアタシがバカだったよ」

唾《つば》を飛ばしてわめくし、テンコまでもが、

「わたしだって、清水《きよみず》の舞台から飛び降りる気で、ユーリさんにおつきあいするつもり

になったんですのに」

と、むくれる始末。それにしても、ユーリはともかくなんでテンコまで怒るのか。フツー安心するとこでしょうに。

「すべての芸術はフィクションなんだよ。虚構なの。虚構をリアルにみせるってのが芸でしょうが。あれはあれでリッパじゃん」

「ミサキって、わっかんねーな」

ユーリはふくれっ面でわたしをにらみつけた。

「あんだけ嫌がってたくせに、なんで急にシドモアの肩持つんだよ」

「なにもどうしてもアレをやりたいわけじゃないよ。別のにすれば」

ユーリは泣きそうな顔になった。

「アレよりインパクトのあるネタは、アタシの頭じゃ思いつけねーけど」

なぜそんなにインパクトにこだわるんだか、さっぱりわからなかったけど、ひとつだけはっきりしてるのは、ユーリほど気合いを入れて卒業生を送り出そうとしてる人間は、山高にはひとりもいないってこと。卒業生だって期待してないだろうに、そこまで頑張ろうとするなんて、やっぱ、ある意味すごいよね。

で、わたしは知恵をしぼった。いっそのこと、偽の蛇なんてもんじゃなくて、

「黒魔術みたいにしちゃったらどうかな。テンコのマジックの才能もまぜて」

「それって悪魔崇拝ってことですか」

クリスチャンのテンコがおぞましそうに訊いてきた。

「そんなんじゃなくて。まずね、テンコが天使のかっこうして、箱の中からきれいなものをいっぱい出すんだよ。シルクとか花束とか、すてきなの。そこへ、女王さまみたいなボンデージ風の格好した黒ずくめのユーリが登場する。こっちは悪魔ってことね。箱の中から黒い布とか出して、蛇出して、んでもって食べちゃうんだよ」

「ふんふん」

ユーリが急に身を乗り出してきた。

「他にもゴキブリでもなんでも好きなもん出してさ。片っ端からばりばり食べちゃえばいい。腕とかはらわたとか、そういうの出してみてもインパクト、あるでしょ。タイトルはそうだな……〈天使VS悪魔〉。どんなに悪魔がおぞましいもの出してきても、結局最後にはテンコが怒濤《どとう》のごとく花をあふれさせて、悪魔を撃退するんだよ」

わたしはふたりに絶賛された。ユーリはインパクト重視だし、テンコは天使の勝ちってのが気に入ったみたい。わたしもちょっと、自分を見直しちゃったところはあった。

だって、このとんでもない状況で、なんとか卒業生を送る会にふさわしい出し物ってとこへ持っていけたなんて、すごくない？

わたしは構成表を作り、選曲して照明の指示を決めた。ユーリはさっそくドン・キホーテで女王さまセットを買ってきた。ソーセージで蛇を作って、食べる練習も始めた。はっきり言って、ソーセージを食べてるようにしか見えなかったけど。テンコは手品の先生に大道具を借り、小道具を作り始めた。

ここまでは順調だった。ここまではね。

あいにく、わたしはすっかり忘れていた。テンコちゃんの不運のことを。

会の一週間ほど前、テンコは作り上げた小道具をわたしたちに見せようと鞄につめて電車に乗った。葉崎行きの朝の電車はすいているものだけど、その朝は人身事故の影響で横葉線が不通になってたものだから、やっと来たその電車はひどくこみあっていた。

「なんか、鞄が妙に軽くなったような気はしたんですけど。でも、そのまま学校について、鞄を開けてみたらないんです」

「なにが」

「わたしの腕」

「は？」

テンコの説明によれば、柔らか素材のマネキンの腕に、切り込みを入れて血のりをし

こみ、引っ張ると同時に血が吹き出るようにした力作だそうで、

「作るのに十二時間もかかったんですよ」

「テンコのこったから、家に忘れてきたんじゃねーの？」

「ちがいます。朝ごはんの時に家族に見せたら、母が気絶しちゃって。忘れずに持っていくように、二度と家に持ち帰るなって、兄が鞄に入れてくれたんですから」

結局、こいつはテンコの不運だ、さてはスリにあったんだろうってことで落ち着いたんだけど、考えてみたら、なんでスリが腕を盗るか。盗ったときに、大騒ぎになりそうなもんだしね。

その翌々日の朝、テンコが職員室に呼び出され、ずいぶんたってから妙な顔つきで戻ってきた。職員室に刑事が来ていて、最近の生活に変わった点はないか、根掘り葉掘り聞かれたという。

「なんで？」

「それがさっぱりわかりませんの。別に変わったことなんか、ありませんわよねえ」

本人も首を傾げていたが、彼女の説明を聞いているうちに謎が解けた。けさ早く、葉崎東海岸を犬を連れたご老人が散歩していると、犬が血の滴《したた》る人間の腕をくわえて戻ってきた。老人はそのまま近くの交番に駆け込んで心臓発作を起こし、犬は腕をくわえた

まま嬉しそうに逃走。あたり一帯、上を下への大騒ぎになったそうだ。結局腕は見つからず、犬もどこかへ消えたまま、というとき、葉崎警察署に匿名の通報があった。テンコを名指しでバラバラ死体について聞いてみろ、という内容だったそうだ。

もっとも刑事もテンコを疑っていたわけじゃないみたい。そりゃそうだよね。出てきたのは絶世の美少女だもん。しかも、職員室の扉をがらっと開けただけで、その扉がものすごい勢いではずれて真横に飛んでいき、校訓の額に激突。驚いたテンコが駆け寄ったタイミングを見計らうかのように額が落ちてきて、そのままきゅうとも言わずにのびてしまったそうだ。時間がかかっていたのは長いこと取り調べられたワケじゃなく、しばらく気絶してたからというだけの話だった。

「要するに、テンコから腕をスリやがったヤローが、嫌がらせにめだつとこにその腕を捨てて、サツにたれ込んだってこったろ。誰だ、そいつは」

ユーリが拳固作って周囲にガンを飛ばし始めたもんだから、例によって周囲からクラスメートの姿が消え失せたんだけど、でも、それっておかしくないか？

「どうしてそのスリは、テンコがテンコだって、知ってたのかな。腕に名前が書いてあったわけでもないのに」

「ミサキ、おめー頭は悪くねーけど、常識はねーな。テンコはあの沿線じゃ有名人なんだよ。葉崎山高のマドンナとかあこがれられてさ。紹介してくれってバカを百年早いって蹴り倒すのなんか、毎朝の習慣になっちまってるくらいなんだからよ」

はあ、なるほど、ってそのときは納得したけど、でも、やっぱりおかしくない？　テンコにあこがれてるヤツが、警察に嫌がらせの電話をするか。

とは思ったけど、誰も心配はしなかった。腕が出てこなければそれまでだし、出てきたって作り物だってわかるでしょ。

ところがさらにその翌日のこと。放課後、ユーリが顔でかき集めた照明や美術を担当してくれるクラスメートと打ち合わせをして、明日のリハーサルの段取りを決めて下山したんだけど、例によって道の真ん中に盛り上がっていた牛糞の塊《かたまり》に、テンコが足をつっこんだ。あれよという間にご本人はけたたましい悲鳴を残して坂を猛スピードで駆け下りていき、わたしとユーリは顔を見合わせてのんびりとあとを追った。

時刻は午後四時すぎ、海に低くたれこめた雲は真っ黒でかなり暗かった。山道には街灯があるんだけど、点灯にはまだ時間があった。わたしたちは警察犬のように臭跡をたどっていった。テンコが走っていったあとは山道からそれて木立の中に入っていた。大きなケヤキの樹の前に、十二畳ほどの広さの広場みたいなぽっかりとした空間があって、足跡と臭跡はそこで止まっていた。昔の秘密基地みたいな場所だけど、なにしろただでさえ暗い上に木々におおわれていたから、その場の状況を見定めるには一分くらいはかかったと思う。

テンコがじべたに座り込み、痛ったあい、また神様が試練を、今度は蛇がいっぱい飛んできましたの、などと世迷い言を並べていたが、

「へび……」

と言うなり悲鳴をあげて気絶した。テンコの足下に数匹の蛇がうねっていて、さらに、胸に蹴りを食らったような格好で目をむき、口元から血を流して倒れているのは、他でもない、シドモア富士山だった。

5

「テンコ！　おめーなんてことを」

わたしの隣でしばし呆然と立ちすくんでいたユーリが、不意にわめきだした。

「いっくら蛇が嫌いでシドモアが憎かったからってな、そりゃマズイだろ。なんで最初にアタシに相談しなかったんだ、え？　アタシなら前科の十や二十ついたって勲章だけど、おめーはお嬢なんだぜ。それが人殺し――ぐえっ」

わたしに頭をひっぱたかれて、ユーリは前につんのめり、蛇を一匹踏んづけた。寒さに弱いらしい蛇はぼーっとなっているようで、ユーリに踏みつけられても暴れるでもなく、けなげに耐えていた。

「なにしやがんだいっ」

「落ち着きなよ。こんな時間だって、誰かが山道を通りかかるかも知れないんだし、ひとが聞いたら誤解すんでしょ。これは事故。テンコの不運にシドモアが巻き込まれたってだけの話じゃないの」

「で、でもよう。テンコには動機ってもんがあるし」

「動機ならユーリにだってあるでしょ」

「そりゃそうだけど、殺したのはアタシじゃねーし」

「だから、テンコでもないって。牛糞踏んづけて、山道をダッシュで駆け下りて、その場に立たせといたシドモア富士山を突き倒して殺すだなんて、そんな器用な真似、誰にできんのよ」

「いやだから、テンコに」

「テンコでもムリなんだってばっ」

「そりゃ、アタシだってなにもムリにテンコを殺人犯にしたいわけじゃねーけどよ。だって、これ見たら誰だってそう思うんじゃねーの？」

「なに言ってんのよ、ユーリは」

「死体の右腕がないって話だよ」

言われてわたしはしげしげとシドモアを眺め回した。前にも言った芥川龍之介みたいな着流しの和服にぼっさぼさの頭。そして、確かに、右腕がない。

もっとよく見ようと近づくと、すさまじい臭いが鼻をついた。真夏に干すのを忘れて洗濯機の中に一晩放置した洗濯物をほどよく腐った生ゴミと交ぜ合わせ、そこに牛糞を足したような——って、これはテンコから発していたんだけど。毎日通学途中でイヤでもかがされているものだから、大型草食動物の排泄物には慣れきっているが、それでも涙が出てくるほどひどい臭いだった。

考えてみれば、犬が葉崎東海岸で腕をくわえていたのが昨日の朝のこと。もし、あれが本物の死体の腕だったとしたら、死んで一日以上はたっている。このところ、めっきり春めいてきたとはいえ朝晩はまだまだ寒いけど、まあ、聖人でもなきゃ死んで臭くなるのはあたりまえだよね。

というわけで、これ以上はとても近づけない。周囲に蛇がのたくっているわけだしね。右腕がないっていったって、着物の袖に隠れてるから、はっきりとはわからない。

「な、なあ。ミサキ、どーするよ」

「どうするって」

さすがのわたしも、即ケータイを出して警察を呼ぶ、なんていう気にはなれなかった。

「あー……埋めちゃう？」

「埋めちゃうって、この死体、埋めちゃうのかよ」

「だって、このあたりなら見つからないよ、たぶん。そしたらなかったことになるじゃん。おまけに、葉崎ファームに埋めれば牧草の肥料にもなるし」

「おめー、意外にダイタンなこと言うよな。葉崎ファームのソフトクリーム、食う気になんのかよ。葉崎ファームのソフトクリーム、二度と買えなくなるんだぜ」

葉崎ファームのソフトクリームとテンコちゃんの将来。どっちを選ぶかって言われたらやっぱ、

「あのソフトクリームはあきらめられないわ」

「だろ？」

だったらどうしよう。まあ、どう考えたって、テンコが人殺しなんかするわけないが
——れ？　ちょっと待てよ。

「この臭いからすると、死んでずいぶんたってるじゃん。いま蹴り殺して右腕切ったっ

ての？　ムリだよ」

「うーん」

ユーリは腕組みをして、ナマイキにも考え込んだ。

「だったら、ポリはこう思うんじゃねーか？　昨日か一昨日、テンコがこいつを殺して、腕を切ったって」

「そんなこと考えるかなあ」

「ポリをなめんじゃねーぞ。アイツら、自分たちの点数稼ぎになると思えばムリを通して道理を踏みつぶすんだからよ」

そんなわけないじゃん、と言いかけて、思い出した。ユーリの母親は刑事と不倫して駆け落ちしたんだった。少なくとも、ユーリはそう言い張っているのだ。警察に敵意むき出しなのもムリはない。

「けど、このまま見なかったことにするってのもどうかな。ここはおとなしく通報して、協力したほうがいいんじゃない？　刑事さんだって人間なんだから、テンコちゃんの美少女ぶりを見たら、殺人の汚名を着せようなんて考えないって」

「それって、つまり、色仕掛けでポリをたぶらかそうってことか」

わたしはしばし言葉に詰まった。

「うーん……そうとも言う、かも」

「なるほど、わかった。だったら話は決まりだ」

単細胞のユーリはぽんと手を打った。

「わかったって？」

かえってわたしが面食らうと、ユーリはじれったそうに、

「テンコをガッコに戻らせて、着替えさせてキレイキレイにしてからポリを呼ぼうって話だろ？」

言われてみれば、このままではちょっと具合が悪い。いつまでも悪臭漂う死体の側にテンコを転がしておくわけにもいかないし。

「とりあえず蛇が見えないように、テンコを山道まで連れだそう」

「だな」

わたしたちは気絶しているテンコを木立から引きずり出し、はり倒して目をさまさせた。わけがわからずぽかんとしているテンコに、この木立の奥で待っているからあんたは着替えをして懐中電灯をとってくるように、とユーリが命じ、素直なテンコちゃんは山道を戻っていった。

「ついてかなくって大丈夫かな」

「だって、誰かが死体の見張りをしてなきゃなんねーんだぜ？　ミサキひとりで見張れんのかよ」

さすがにそれはごめんこうむりたい。わたしたちはともかくも、現場に戻った。

目が慣れてきたせいか、死体はイヤでもはっきり見えてきた。相変わらずものすごく臭いし、見たくもないが、どうしても目がそちらへ行ってしまう。ユーリは正しい。わたしはこのとき強く確信した。蛇とか死体とか、そういうのってインパクト、あるわ。

「なんかアタシ、ワリーことしたな、シドモアに」

ユーリが足下の蛇を蹴散らすと、ぽつんと言った。

「ソーセージ食ってたからって殴ったりしてさ。まさか、殺されて腐っちゃうなんて思わなかったよ。インパクトのある芸人だったのにな。ひょっとしたらこのあとブレイクしたかもしんないのに」

まあ、それはないと思うけど。でも、わたしもちょっとしんみりして、蛇が逃げていくのか風の音か、木立ががさがさと鳴る間、ふたりともしばらく口をきかずにいた。

が、テンコはなかなか戻ってこず、短気なユーリはすぐにイラつき始めた。

「なんか最近、アタシら死体に縁がねーか？」

ユーリは真っ赤な髪の毛を、真っ赤にマニキュアを塗った指でいじくりまわしながら言った。

「ったく、誰のせいだっつーの。楽しいコーコー生活に死体ってフツー、関係ねーはずだろ。まいっちまうぜ」

そうは見えませんが、とツッコミかけて、わたしはため息をついた。

わたしたちは疲れていたんだと思う。毎日妙ちきりんな手品のために徹夜続き。おまけに死体を見つけちゃったなんて、穏やかな日常とは言いがたいもの。

「遅っせーなあ、テンコのヤツ」

「懐中電灯とって着替えてこいって言ったのは、ユーリだよ」

「そりゃそうなんだけどさあ。ったくよお、こんなメンドーに巻き込みやがったのはいったいどこの誰だっつーの」

あんただよ、と再度ツッコミかけたとき、葉をかき分けて天知百合子さまことテンコの姿が現れた。ランプをかかげて、お待たせいたしました、と言いながら歩み寄ってきた次の瞬間。

テンコは地面に丸くなっていた蛇にけつまずいて、いきなりこけた。

「ひいいいいいっ」

悲鳴とともにテンコは前につんのめり、顔面で着地した。はずみで手にしていたランプが飛び、きれいな放物線を描いて落ちてきた。火のついたままのランプはわたしたちの目の前、死体のどまんなかに着地し、ガチャン、ボッ、ドカンといった音とともに死体からもくもくと黒煙が立ち上り始めた。

わたしはケータイを取り出して消防に電話をかけた。

6

あとで聞いたところでは、テンコはどうしても懐中電灯を見つけられず、職員室に置いてあった石油ランプをひとつ、借りてきたのだそうだ。消防が到着したときには、炎は死体をきれいさっぱりなめつくし、あとにはわずかな生ゴミの燃え残り以外、ほとんどなにも残っていなかった。

そう。なにも。骨も歯もなにもかも。

どうもアレは死体でもなんでもなく、プラスティックの人形だったようだ。つまりフェイク。テンコが作った手品の小道具と同じレベルの。

消防と警察にはこってりしぼられたけど、テンコのうるんだ瞳が抜群の効力を発揮し、結局は、火の扱いにはくれぐれも気をつけるように、と言われて放免された。まあ、死体があったんならともかく、そうでないならけつまずいただけの事故なんだから、当然の結果だよね。

「いやあ、ラッキーだったよな。死体が全部燃えちまって」

とユーリはわけのわからない喜び方をするし、なにも覚えていないテンコは、

「蛇が飛んでくる夢を見たんです。あのう、やっぱり蛇やバラバラ死体のマジックはやめにしませんか」

と言い出し、こちらはその始末に追われて死体焼失事件は会が終わるまで忘れ去られることになった。

え？ 出し物は成功したかって？ 大成功だったよ。タイトルを〈天使VS大食い悪魔〉に変更し、お花を出し続けるテンコ対ソーセージを出しては食いまくるユーリの対決はわたしが見ててもおかしくて、大ウケ。もっとも、あれを思い出して明日もがんばろうって気になる卒業生なんか、ひとりもいないとは思うけどね。楽しんでもらえたんだから、よかったんじゃないだろうか。

春休みになって、ユーリから聞いたんだけど、死体焼失事件の翌日、シアター・ポストからシドモア富士山の姿が消えたんだそうだ。

「つってもその日からなんとかいう市民劇団の公演が始まったから、誰も疑ってねーよ。

心配すんな」

相変わらずホントに死体が骨まで燃えたと思いこんでるユーリに共犯者みたいにささやかれたのには参ったけど、それで、ちょっとおもいついたことがあった。

シドモア富士山に見覚えがあった理由。

シドモアから和服をはぎとって金ぴかのタキシードを着せて、シルクハットかぶせて、上げ底のブーツはかせて口ひげをつける。そう、あいつ、手品師のドクター・タイタニックと同一人物だったんだ。

それに気づいたとたん、事の真相はすべてわかった。要するに手品だ。ユーリにこずきまわされて、シドモアはよっぽど頭にきたんだろう。復讐する気になった。でもユーリを相手にするのは怖いから、テンコにねらいをつけた。電車の中で小道具の腕をすりとり、犬が喜びそうなしかけをして騒ぎを起こす。犬が持ち去らなくても、悪質な悪戯《いたずら》ってことで警察が乗り出すだろうから、テンコを名指しで密告電話をかけた。それでも気が収まらなかったのか、マネキンで自分の死体の偽物をこしらえて、悪臭を思い切りはなつようにして、わたしたちの通学路の脇に放置した。

テンコが気絶する前、蛇が飛んできたって言っていたのは、たぶんホントのことなんだろう。シドモアはテンコが通りかかるのを待ち伏せて、蛇を投げつけて、テンコを死体のある場所に誘導した。あとはどうなるかお楽しみ、というわけだ。

ユーリとわたしが死体の番をしていたとき、ごそごそと木立が鳴っていたのは風のせいでも蛇のせいでもなく、シドモアがたてた物音だったんだと思う。ユーリがあんなしんみりしたことを言ったもんだから、やつも恥ずかしくなって逃げ出したにちがいない。

わたしのこの考えがあたっているかどうか、それは知らない。知る方法はある――最近、横須賀に妙なマジシャンが出没していると聞いた。その名はデビル・フジヤマ。ボンデージ系の格好で現れ、箱の中から蛇を取り出してがぶりがぶりと食べてしまったり、アシスタントの美女を殺してはらわたを取り出したり、しまいには死体に火をかけて燃やしてしまう、といった悪趣味なマジックで話題を呼んでいるそうだ。

このマジシャンの話がユーリの耳に入らないことを、わたしはひそかに願っている。

なれそめは道の上

～葉崎山高校、一年前の春～

1

「美咲姉ちゃん、いったいなんだよこれ」

剛太《ごうた》はリュックを持ち上げようとしてよろめき、文句を言った。

「なんだよって、リュックだよ」

「んだってこんなに重いわけ？」

剛太は勝手にリュックをあけて、中身を見始めた。

「うわ、本に台本に紙の山。おまけにＤＶＤまで」

「忙しいんだよ、いろいろと。でかけるんだから、元に戻してよ」

「美咲姉ちゃんもさ、まだ高校生活始まって二週間だろ。なのになんだよこれ」

「図書委員に課題図書の選考頼まれちゃってさ。本なんか読んだことない図書委員で、代わりにレジュメ作ってんだ。それと、来月の演劇部の公演で、照明の係をすることになって」

「じゃ、この紙の山は？」

「おとといの古文のノートのコピー、みんなに頼まれちゃって」

「DVDは」

「エアチェック、お願いされて」

剛太はあきれたように長いため息をついた。

「中学んときの再現みてーじゃん。ロクでもない頼まれごと、断りもせずに引き受けまくってさ。ひとがいいにもほどがある」

「よけいなお世話。ほら」

背中にリュックを背負わせてくれながら、剛太はなおもぶつぶつ言った。

「これでまた小遣いたりなくなったたってオレに泣きついてくるんじゃねーだろな。たいして親しくもないやつにおごったりしてさ」

「わたしから誘ったら、払わざるをえない場合もあんのよ」

「どんな場合だよ。割り勘で誘って、断られたらあきらめりゃいーじゃないか。ったくええかっこしいが。コピー代とかDVD代とかもちゃんともらえよ。それから傘も」

「傘？」

「昨日、誰かに傘貸して、自分は濡れて帰ってきたじゃねーか」

「そういえば。ま、うちのが近かったから」

「バカじゃねーの。友だち選べよ。てゆーか、あれだな。美咲姉ちゃんは自分に自信がねーんだな。だから自分から便利なパシリになってんだよ」

「やかましい。うちのガッコはね、人数少ないの。だから助け合わないとなんないの。それだけ。もう、朝っぱらから、ヤなやつ」

「てか、なんでこんなに早くでかけんだよ。ゆうべ遅かったくせに」

「……いってきますっ」

剛太の頭を一発はたいてやって、家を出た。

天気予報がものすごくはずれ、昨日の夕方からけさにかけて、警報がでるほどの大雨が降った。それがたたったのだろう、四月の初めだというのに花冷えを通り越して底冷えのするような朝だった。すれ違うひとたちはみな「北風と太陽」にでてくる北風にふきさらされた旅人みたいに、分厚いコートやマフラーをきっちり着込んで手で押さえていた。でも、わたしはジーンズに白いトレーナー、それに母親のお古のツイードの半コートだけ。若くて元気だからってわけじゃない。登山をすると暑くなるからだ。実を言えば、服の下は貼り薬の嵐。目をつぶって近寄ったら、七十すぎのばあちゃんと間違えるような香りを発散してるはずだ。

わたしは肩にくいこむリュックを揺すり上げ、長い長いため息をついた。

わたし、崎谷美咲は身長体重座高からバストヒップのサイズ、運動能力から成績まで全国標準。美人じゃないけどブスでもない。エキセントリックでもなければ天才でもないし、とりたてていじけてるわけでもなければ優越感むきだしというほどでもない。男の子に対する興味も、ファッションや音楽への知識も、そこそこ以上のなにものでもない。

こーゆー人間に、自信なんかあるワケないっての。

剛太に言われるまでもない。わたしはお人好しで、臆病もんで、自分に自信のない人間だ。だいたい、進学にあたってみずから葉崎山高校を選んだあたりに、わたしの性格がにじみ出てやしないか。イチオーは、親に金出してもらって学校に行かせてもらうからにはきちんと勉学すべきだ、となると、繁華街にあって誘惑の多い学校に行くよりは、山の上にあってベンキョーでもするより他になにもなし、という高校をあえて選んだほうがカッコイイ、っていうのが葉崎山高校進学の理由だったりするんだけど、我ながらものすごい言い訳って感じ。人数が少なくて人気のないガッコをわざわざ選ぶ人間心理――分析するまでも、ないよ。

山道をひいひい登りながら登校するたびに、わたしはこの性格をいたく後悔し続けてきた。といって、いまさら性格は変えようがない。この山道がある日突然、歩きやすくなってた、なんてことが起こりっこないように。

てなことを考えながら、山道を一心不乱に登っていたら、四合目に到達した。この通学路には、卒業生手作りのトーテムポールが全部で十本、約八〇〇メートルの山道を十等分した要所要所に立っていて、

「がんばれ、ゴールはまだ先だ！」

などというありきたりな激励から、

「人生よりは楽な山道」

という、哲学入っちゃってるような標語なんかがそのトーテムポールの腹についた板に書き込まれている。わたしたち一年生にとって卒業生のこのエールは、なんだかありがた迷惑な感じ。ぬらぬらの山道を、足下に注意しながらこれだけ歩いてまだ四合目かよ、とわたしはうんざりしながら腰を伸ばした。リュックが重力にひかれ、あやうくひっくり返るところだった。

この山道ときたらなにが起こるかわからない、と新入生歓迎会でさんざん脅されたのを思い出す。葉崎ファームの牛が飛び出してきて通学路で暴れることもあるし、子育ての時期の鴉やひばりに襲われ、ウルシにかぶれ、木の根につまずいて転び——全治六週間の大けがを負った先輩もいるそうな。なにごともなく卒業できたら奇跡に近い。

「私の知るかぎり、保健室や救急車の世話にならずに卒業できたのは、十三年前に卒業した守矢《もりや》学《まなぶ》先輩だけである」

歓迎会で、磯崎裕一《ゆういち》生徒会長はにんまりと笑ってそう言った。この会長さまの思いつきで、昨年、この〈奇跡の人〉の白木の胸像が美術部の有志によって作られ、四合目のトーテムポールの下にうやうやしく飾られたそうな。いまでは全校生徒が通学の無事を願って〈奇跡の人〉の頭を撫《な》でていくため、胸像の頭部はてかてかだ。

入学して二週間、いまのところなんとかブジに登下校を終えている。この重たいリュックを背負ってさらにブジの記録を更新するべく、胸像に近寄りかけたが、撫でるのは遠慮した。昨夜の大雨にしこたま濡らされたおかげか、胸像はどす黒くなっている。一息いれて、わたしは再び山道を登り始めた。

この朝は風も強かった。足下の大きな水たまりからときおりしぶきが舞い上がる。運動で汗をかいてはいても、つま先や太股《ふともも》が冷えて気持ちが悪かった。叔母さんが高校の入学祝いにってスエードのローファーをプレゼントしてくれたんだけど、わたしに必要なのは登山靴だ。

七合目のトーテムポールをすぎたあたりで道は葉崎ファームと離れ、山に入って急になる。足下には木の根がにょきにょき顔を覗かせて、自然の階段になっている——と言えば聞こえはいいが、下向きに傾斜がついているので危なくてしかたがない。おまけに手すりもどろどろだ。

「早くしろよ」

ああでもない、こうでもないと、足の置き場に困っていたら、背後から鋭い声が飛んできた。振り向くと、この悪路に超のつくロングスカートをはき、セーターも髪もスニーカーまで赤ずくめの女がこちらをにらみつけていた。クラスメートの黒岩有理だった。

他人の名前を覚えるのが苦手なわたしが、一発でその名を覚えただけあって、個性的というか、わかりやすいというか、赤く染めた髪に水商売一歩手前のファッション、授業中は常に爆睡し、たまに目覚めると眼光鋭くクラスメートをにらみつけている、というお方だ。噂では、早くも気に入らない先輩をのして、葉崎ファームのなかでも特に性格の悪い牛の目の前において帰った、とか。

「黒岩さん、ごめん。先に行って」

身体をひねって道をあけると、なぜか黒岩有理は赤くなった。

「んだよ、誰かと思えば崎谷かよ。いいよ、待っててやっから。けど、考えてたって道は変わんねーんだよ。思い切ってぐいぐい進めよ」

「それもそーだね」

わたしは右足を一歩上に上げ、重心を前にかけようとした、そのとき。

「どわっ」

短い悲鳴とともに上から人間が降ってきて、わたし、黒岩有理の三人はひとかたまりになり、六合目のトーテムポール付近まで転落した。

2

最初に思ったのは、絶対死んだ、ということだった。次に考えたのは、絶対首の骨が折れた、ということで、最後に自分がぎゃあぎゃあわめいていることに気がついた。

「て、てめえ、殺す気か」

下敷きになったはずの黒岩有理はなぜかいち早くかたまりから抜けだし、ファイティングポーズをとって、わたしたちを見おろしていた。わたしの上にいた人間は、あわてたように立ちあがろうとして足を滑らせて、巨大な水たまりに頭から倒れ込んだ。

「なにやってんだ、おめー」

黒岩有理が手をさしのべて、どろどろになったその人間を助け起こした。それでようやく、リュックの重みで仰向けになったゴキブリみたいにもがいていたわたしも、なんとか起きあがることができた。

「申し訳ございませんでした。こんなはずじゃなかったのに」

わたしの記録を二週間でおしまいにしてくれたどろどろの人間は、びっくりするほど丁寧な口をきいた。クラスメートの天知百合子だった。

噂では金持ちのお嬢さまで、ときどき運転手付きのリムジンで登校することもあるらしい。さらにとんでもなく頭がよくて、超有名校に通っていてもおかしくない。なぜ彼女が葉崎山高にいるんだか、誰にも説明できない変わり種だ。

まあ、入学式の時から、黒岩有理とは別のイミでめだつめだつ。掃き溜めに鶴というか、ドラ猫だまりのペルシャ猫というか、色あくまで白く、髪は鴉の濡れ羽色、うるんだ大きな瞳、折れそうな細い身体。こういうのって、ホントにこの世にいるんだなあ、とうたた感慨にかられたほどの美少女で、百合子とはまたぴったりの名前だと思ったものだ。

彼女は新入生代表に選ばれ、答辞を読むべく壇上にあがってしずしずとマイクまで歩いていき、不意にあられもない悲鳴とともに姿を消した。壇の板を踏み抜いてしまったのだ。

施設の管理不行き届き、訴訟、業務上過失致傷、マスコミなどなどの文字がとっさに脳裏をよぎったにちがいない教職員、葉崎市役所、教育委員会のお歴々、残らず真っ青になったそうだが、どうやら彼女が見た目によらず、とんでもなく粗忽者《そこつもの》――いや、不運な人間だということはじきに全校の知るところとなった。なにしろ時間通りに登校できたためしがない。出欠をとるたび、クラスメートたちは、

「あれ？　来るとき追い越してきたけど」

「オレも、車から降りるとこ見たけどな」

と、首をひねる。すると、一時間目の授業のさなか、全身泥まみれ、あるいは牛糞まみれで姿をみせる。で、

「牛に追いかけられましたの」

「鞄を鴉にとられましたの」

「樹が倒れてきましたの」

泣きそうな顔で弁明する、というわけだ。

「で？　今日はいったいなんだってアタシらの上に落ちてきたんだ？」

「朝方まで雨が降っていたから、今日は傘を持って出たんです」

天知百合子は泥まみれの顔をティッシュで拭きながら、しょんぼりと言った。

「傘って便利なんですよ、ほら、手すりがどろどろでさわれないでしょ。柄《え》のほうで手

すりをひっかけて、そこに体重預けて登れますものねえ。なのに……」

「もういーよ」

黒岩有理が鼻を鳴らした。

「どーせ、あれだろ？　そんなことしてたら運悪く傘の柄が抜けちまったってんだろ。ったく、お嬢が無精すっから、んなことになんだよ」

「いいえ、抜けたのは手すりのほうですの。意外とやわいんですのね、ここの手すり」

「バカ言え。いくらなんでも手すりが抜けっかよ。おめー、アタシをバカにしてんだろ」

「本当ですって」

「信じられっか、タコ」

「タコってなんですか」

「タコはタコだよ」

「あのう」

わたしは泥まみれになったジーンズから泥をこすり落とすのをあきらめて、口を挟んだ。

「その手すりを見ればすむ話じゃない？　どうせ通らなきゃならないんだし」

わたしたちは山道を再び登り始めた。けっこうな距離を滑り落ちたというのに——それも、いくら細いとはいえヒトひとりに乗っかられたまま落ちたというのに——、少し足首が痛むだけですんだのは超ラッキーなのかも。落ちないほうがラッキーなんですけど。

問題の手すりは、コンクリート製のぶっとい杭をぶっとい鎖でつないでいる、という形のものだ。わたしが子どもの頃にはまだ、葉崎の公園なんかで見かけた。バカな子どもがよく鎖の上に得意げに立ってみせていた。

鎖はみごとなまでにちぎれていた。

「やるな、おめー」

黒岩有理は鎖を拾い上げ、尊敬のまなざしを天知百合子に注いだ。

「こんなのをひきちぎったやつを見たのは初めてだぜ。てーしたもんじゃんか」

「わざとひきちぎったわけじゃありませんわ。なんだか急に、切れちゃいましたの」

「天知さんって、ほんとに運が悪いんだね」

あらためて事実を目《ま》の当たりにした感動で、わたしは思わず面と向かってそう言ってしまった。本人はきょとんとした顔で、

「あら、そんなことありませんわ。神は愛するものをこそ試練にあわせたもう、という

ではありませんか。これはわたしに与えられた試練なのです。けっして不運というわけではございません。その証拠に、全身汚れちゃいましたけど、怪我はせずにすみましたもの」

怪我をしないですんだのは、神様のおかげというよりわたしと黒岩有理がクッションになったおかげ、と喉まで出かかったが、黙った。傘が無傷なのを見たからだ。この状況で、傘じゃなく鎖が壊れるというのは、やっぱ尋常じゃないわ。

ともあれ、納得したわたしたちは、なんとなく手を貸しあうような形になって、通学路を学校めざしてよろよろと進み始めた。黒岩有理が天知百合子に言った。

「おめーさ、テンチって名前かと思ったら、アマチってゆーのか」

「お気に召したらテンチと呼んでくださってもかまいませんわ。ちゃんとお返事しますので」

「アマチってのも悪くはねーけどよ。なんか、ハマチみたいで美味《うま》そうじゃん」

「タコの次はハマチですか。ユーリさんって、海産物がお好きですのね」

「ユーリじゃなくて、ユリなんだよ」

「まあ、偶然ですのね。わたしもユリなんです」

「そっちにはコがついてんだろ、コが」

「コだけじゃありませんか、ユリさん」

「キショクワリーな。もういーよ。ユーリにしとけよ」

「だから最初からユーリさんってお呼びしてますのに」

黒岩有理はむっとして黙り、わたしは笑いを嚙み殺した。

アクシデントにもかかわらず、意外に早くガッコに到着した。落ち葉と水をはいていた校務員のおじさんが「やあ、きみたちいちばん乗りだよ」と声をかけてきた。なるほど、ほかに人影はない。昨日の天気で体育会系クラブの朝練も中止になったんだろう。

わたしたち三人は水たまりを避けながら歩いていった。天気になって、水たまりがきらきらと輝いていた。一仕事終えて、朝の空気がすがすがしい。

「おい、どけよ」

次の瞬間、すがすがしさをすべて帳消しにするような声がして、例の磯崎生徒会長と、その取り巻きらしい数人の二年生が追い越していった。うち、小柄でちょっとかわいい女子の抱えた大きなスポーツバッグがわたしのリュックにまともにぶつかり、わたしはよろけて膝をついた。

「おい。そこのブス。ちっと待て」

知らん顔で行きすぎようとしたかわいい女子は黒岩有理、いや、ユーリに呼び止められてぎくっとなった。一緒にいた女子が、彼女をかばうようにしてこちらをにらみ返してきた。

「ブスってなに。誰に言ってんの」

「なに、じゃねーよ。ひとにつきあたって転ばしといて一言もなしって、それはねーだろ。日本語にはな、すみませんでしたとかごめんとか、そーゆー言葉があんだよ。アタシらより年食ってて、言葉ヅカイにいちゃもんつけるくれーだからそれくらい知ってんだろ」

心臓が縮みあがった。こういうシーンはたいへんに苦手だ。

「あ、あの、ユーリ。ケガしたわけじゃないし、いいよ」

「よくねーよ。あやまれ、ブス」

スポーツバッグ少女はおどおどしながら小さな声で、ごめん、と言った。そしてそのまま走って会長を追いかけていく。残りの取り巻きも彼女のあとを追いかけ、うしろから登校してきた連中も、わたしたちのまわりを思いきり迂回して出入口に吸い込まれていく。なんだか周囲に結界でもできちゃったみたいだ。

「ユーリさんたら」

天知百合子はのんびりと言った。

「ブスはひどいですわよ。けっこうかわいい方だったじゃありませんか」

「るせーんだよ、ハマチ……テンチ……コ……テンコがよ」

「それ、わたしのことですか」

「るせーな、おめーなんかテンコでじゅうぶんなんだよ。ひとにメーワクかけときながらわびも入れねー女はみんな、ブスってんだ、よく覚えとけ」

「なるほど、そうなんですか。勉強になります。で、わびを言わない男はどう呼ぶんですか」

「決まってんだろ。クズだ」

トイレに寄って泥を落としてから教室に入った。そのとたん、それまでざわめいていた教室がしん、となった。誰もわたしと目をあわせようとはしない。

わたしはリュックをおろし、中から本とDVDとコピーの山を出した。図書委員に本とレポートを渡そうと近寄っていくと、顔をそむけたままひったくられた。エアチェックを頼んできた関弥生も、どーも、としか言わなかった。DVD代を請求する気力もなくなった。

「バカねえ」

古文のコピーを受け取った内藤杏子がひそひそと言った。

「あんなはみだしもんたちと一緒になって、生徒会敵にまわすなんてさ。どーかしてるよあんた」

「……べつにそんなつもりじゃ」

「このガッコ人数少ないんだから、いったん居心地悪くなるとたいへんだよ。そんなのわかりそーなもんじゃない」

「そうそう」

うしろからきた井上学《いのうえまなぶ》が、コピーをひったくって合いの手を入れた。

「崎谷は崎谷らしく、平凡なまんまでいたほうが、誰にとってもいいってこった。なんだってあんな連中に近づいたりすんだよ。こえーだろ、どっちも」

ふざけんな、って声に出かかった。反面、そのとーりだ、とも思った。内藤さんの言うことも、コイツの言ってることも、どっちも正しい。

正しい……よ。うん。正しい。

「コピー代、ひとり二十円だから」

わたしはできるだけ冷静に、なんとかそれだけ言った。井上はコピーでわたしの頭をはたいた。

「貸しとけよ。いーだろ、二十円くらい」

次の瞬間、うなりをあげて折りたたみ傘が飛んできて、井上の顔面を直撃した。井上は鼻血をまき散らしながら後ろにぶっ倒れた。

「崎谷、返すわ、昨日借りた傘」

黒岩有理が手首をくるくる回しながら言い、天知百合子を見て付け加えた。

「テンコ、あれがクズの見本だぜ」

3

昼休みのお弁当タイムが終わった。なんとか関係を修復するべく、手頃なクラスメートとそこそこの話題でフツーに盛り上がっていたら、学級委員が声をかけてきた。

「磯崎生徒会長が天知さんと黒岩さんと崎谷さんを呼んでこいって言ってるんだけど」

教室の隅でいびきをかいていた黒岩有理と、読書にふけっていた天知百合子が顔を上げた。クラスメートの視線が急に冷たさを増した気がした。

「……なんでわたしが呼ばれてんの?」

「なんでって崎谷さん、生徒会ともめたんでしょ。ね、悪いこと言わないからあやまっちゃいなさい」

わたしはびっくりした。同時にびっくりしたことにも驚いた。そうだよね、あやまっちゃうのがイチバンだよね、この場合。なのに、なんでわたし驚いてんの？

「うちのクラスはそうでなくてもめだつのがいて困ってんだから、できるだけ波風たてないでほしいんだわ。でないと、わたしも困るんだ。頼むから、あなただけでもあやまってね」

「行くぞ、崎谷」

ユーリがふらっと立ち上がって、たっぷり時間をかけて学級委員をじろじろと見まわした。学級委員の顔がすうっと白くなってきた。血が全部、吸い取られちゃったみたいだ。

わたしは急いで廊下に飛び出した。天知百合子が後に続き、学級委員をたっぷりびびらせて満足したらしいユーリもくっついてきた。

生徒会は二階の一番奥の部屋を使っていた。五十年前にこの校舎が建築された際、資材を運び上げるのがあまりにも重労働だったため、できるかぎり長く改築なしですませたい、と関係者の考えが一致した。当時はまだ、少子化なんて言葉は誰も聞いたことすらなかったそうで、人口は増えていくもんだ、まして生徒数においてをや、なんてみんなが思いこんでたらしい。

おかげで校舎はムダにでかく、部活動用にそれぞれ部屋が与えられるという贅沢ぶりだ。とはいえ、築五十年。あちこちガタがきていて、廊下の床ははげちょろけていたし、壁には不気味なしみが浮き出している。これだけ古ければシックスクール症候群とは縁がないと思うけど、逆にカビで肺をやられやしないか心配になってくる。

「ったくよお、アタシはあの磯崎とかって生徒会長がミョーに気にくわねーんだよな」

歩きながら、ユーリがぶつくさ言った。

「たいしたツラでもねーのにすかしやがってよ。なにが呼び出しだよ、えらそーに。用があんならそっちから来いってんだ。——おい、崎谷、なにをにやにやしてんだよ」

「いや、気が合うなと思って。同感だもん」

言ってわたしはまたびっくりした。わたしはいったい、どうしちゃったんだろう。本音ははかないほうがブナンなはず。おまけに、こんな危急存亡の秋《とき》に、よりによってユーリに——あれ？　えーと、黒岩有理相手に、本音なんかはいてどーするよ。

「だろ？　なんだってあんなヤローにみんなへいこらしてやがんだ、ワケわかんねーよ」

「だからってお顔のことをおっしゃっちゃいけませんわよ、ユーリさん。あの方だって、なにも好きこのんであんな顔になられたわけじゃないんですから」

テンコが——あれ？　ええと、天知百合子がおそろしいことを言い、さしものユーリも——じゃなくて、黒岩有理も鼻白んだように黙ったとき、生徒会室に着いた。

生徒会室はだだっぴろかった。一番奥の窓を背にして、職員室にある教頭先生のものよりはるかに立派な机があった。この寒いのに開けっ放しの窓と、重厚な机の間には磯崎生徒会長がおさまっていた。高校二年生の分際で、椅子にそっくりかえっていやがる——いらっしゃる。ま、そんな格好も似合ってないこともない。ただし、若き起業家というよりは、世界征服をたくらむ組織の支部長みたいだ。

中に入ったとき、隣で「ぎょえっ」という声があがった。天知百合子が入口近くに置かれていたスポーツバッグにけつまずいたのだ。天知百合子は優雅に一回転したのち、アキレス腱をおさえてうずくまり、また神様の試練が、と言った。

部屋中がしんとなった。わたしは慌ててびっくりするほど重たいスポーツバッグをひっぱって元の位置に戻し、咳払いをした。

「あの、なにかご用でしょうか」

会長の周囲にいた女の子たちがこちらをにらみつけている。そのなかにはけさのスポーツバッグ少女がいて、ハンカチで涙をぬぐっていた。

「聞きたいことがあってね」

磯崎会長はもったいぶった。

「けさ、きみたちがいちばん早く山道を登ったようだね」

「はあ、そうなんですか」

「そうなんですかってなによ。はっきりしなさいよ」

会長の側にいた二年生の女が金切り声をあげた。だるそうにそのへんの机に腰を下ろした黒岩有理が、待ってましたとばかり立ち上がって、その女をにらみつけた。

「おい、なんだその口のききかたは。こっちは親が死のうが食休みっていうじーちゃんの教えに背《そむ》いてまで来てやったんだろーが。まず、おいでいただいてありがとうございました、とでも言ったらどーなんだ。アタシはな、お礼も言えねー人間くらい、腹の立つもなねーんだよ」

言うなり机を蹴り飛ばしたから、金切り声は真っ青になって、会長の後ろにひっこんでしまった。天知百合子がケンケンしながら、のどかに言った。

「校務員さんの話では、わたしたちが一番乗りだということでしたわ。でも、確認したわけじゃありませんから、絶対とは言えません」

「きみは校務員が嘘をついたとでも言いたいのか」

天知百合子はびっくりしたように目を丸くした。

「校務員のおじさんは、この広い校舎をひとりで見回ってらっしゃるんですのよ。たとえば、もっと早くに登校したひとがいて、それを見逃した可能性だってあるでしょう」

「リムジンでご登校のご令嬢はご存じないらしいから教えてやるが、けさは横葉線が人身事故の影響で遅れたんだ。あんな時間に山道を登れた人間は、葉崎の地元民か、ご令嬢だけなんだよ」

「おめーだってアタシらとほとんど同時にガッコについてたじゃねーか。んだよ、お肌のきれいなオコゼみたいな顔しやがって、えらそーに」

「オレは観音《かんのん》市から自転車で通学してるんだ。横葉線は関係ない」

〈お肌のきれいなオコゼ〉は顔をひきつらせた。三度、驚くべきことに、わたしは笑い出しそうになっていた。おかしい。わたしってばホントにおかしい。この先、どう考えても楽しい展開が待ってるとは思えないのに、なぜ笑ってんの。

「質問を変える」

生徒会長はわたしをにらみつけた。

「きみたちが朝、通学路を通ったとき〈奇跡の人〉の像はあったか?」

「はい」

わたしは朝方のことを思い出しながら、答えた。

「四合目のトーテムポールの下に、ちゃんとありました」

「わたしも見ましたわ。もっともわたしは崎谷さんより前に登ったんですけど」

全員の視線がユーリに――黒岩有理に注がれた。彼女は面倒くさそうに、

「覚えてねーよ。興味ねーもん。あったんじゃねーの」

「なるほどね」

会長やその取り巻きたちが、いやみたっぷりな視線を交わしあった。

「それじゃ、答えはひとつしかないな。犯人はきみたちの誰かだ。正確に言えば、天知くんのあと、オレの前に登った人間だから、崎谷くん……てことになるな」

青天のヘキレキって、こんな感じか、と思った。ヘキレキって漢字、書けないけど。

たしか、雨かんむりだったけどその下は――いや、そんなことどうでもいい。

「あの、犯人って、どういう……」

かすれた、小さな声しか出なかった。

「しらばっくれないでよ。あんたがやったんでしょ。あんたが〈奇跡の人〉の像を隠したんでしょ」

さっきの金切り声が、指を振りながら詰め寄ってきた。頭の中が真っ白だ。

「……え？」

「きみ、なんかあの像に怨みでもあったの？　それとも生徒会に不満があったとか」

頭の中がぐるぐるしてきた。脳貧血を起こしそうだ。

「そ、そんな、わたし、生徒会のことなんかよく知らないし、たかが像に怨みなんか……」

「いちいち気に障る子ね」

金切り声が憎々しげな声に変わった。

「生徒会なんか？　なんかってなによ。たかが像？　あの像はね、このフジコちゃんが精魂込めて作ったのよ。材料の白木も自分で用意して、二ヶ月もかけて念入りに彫り上げたのよ」

スポーツバッグ少女はどうやらフジコちゃんというらしい。彼女はいちだんと派手に鼻をすすりあげた。

「あやまんなさいよ、フジコちゃんに。生徒会にもよ。アレ作るのに、いったいいくらかかったと思ってんの。弁償しなさいよね、弁償」

「だけどわたし、けさはあの像にはさわってません。昨日からの大雨でめちゃくちゃ汚れてたからですよ。とてもさわれるような状態じゃなかったもん、どす黒くて、ばっちくて」

「ひどい」

しどろもどろの抗弁をフジコちゃんが遮って、ハンカチに顔を埋めた。非難の視線がわたしに集中した。

なんで？　波風たてないようにしてるはずなのに、なんでこんなことになっちゃうの。ほとんど泣きそうになった、そのときだった。

「おいおいおい、ちょっと待てよ、おめーら」

突然、大声をあげたのは黒岩有理だった。

「ひでえのはおめーらのほうだろ？　なんだよ、勝手にひとを犯人呼ばわりしてさ。だいたい、テンコのあとで、そこのヤローの前に山道登ったんだったら、ミサキだけじゃなくアタシまで犯人みてーじゃねーか」

黒岩有理は金切り声の前にずかずか進んでいき、眼光鋭く彼女をにらみつけた。

「んだろ？　このアタシがあのクソッタレの像をどうにかしたって言いたいんだろ？　言ってみろよ。ただし、証拠もなくひとさまを犯人呼ばわりしやがったんだ、それなりの覚悟はできてんだろーな」

金切り声は青くなり、後ろに下がって彼女を避けるとわたしをにらみつけた。

「ちょっと、崎谷さん。あんたのせいよ。あんたがさっさとあやまらないから、騒ぎが大きくなったじゃない」

「そ、そんなこと言われても、わたし、ホントにさわってません。風で飛んだんじゃないですか」

「木製の像が風なんかで飛ぶか」

オコゼ、いや会長がせせら笑うように言った。とたんにユーリが攻撃目標を会長に変えて、

「とはかぎらねーだろ、今日は突風吹きまくりだったじゃねーか。それになんだ、その木製の像、中がくりぬいてあって軽かったんじゃねーのかよ」

「そんなことはない。オレはフジコくんの制作過程をずっと見てた。あの場所に設置したのもオレだ。少なくとも五キロくらいの重さがあるし、パテで固定もした。突風で倒れることがあっても、そんなに遠くまで飛んでいくわけがない。誰かがパテをナイフか何かで削り、あの像をはがして持ち去ったんだ。あのパテの跡を見ればわかるさ」

「パテの跡見て、自然にはがれたか誰かにはがされたのかわかるって、おめーは科学捜査班か。第一、てーしたできでもない像、ありがたがってんのはてめーらだけじゃねーか。誰かがなにかしたってんなら、犯人はおめーらのなかにいるに決まってら。ムカンケーのアタシらにインネンつけてんじゃねーよ」

「ユーリさんの言うとおりですわ」

天知百合子がうなずいた。

「そもそも、仮にユーリさんがあの像になにかしようと思ったら、蹴り飛ばして終わりなんじゃありません？　ナイフでパテを削るなんて、面倒なことはなさらないでしょう」

「しねえ。ぜってーに」

ユーリは、いや黒岩有理——いや、やっぱりユーリは力強く答えた。

「それはわたしにしろ崎谷さんにしろ同じことです。像が気に入らなくて盗んだのだとしたら、丁寧に扱う必要などまったくありません。それに、もし生徒会長さんのおっしゃるとおり像を計画的にとりはずしたんだとしたら、なんでまたけさだったんでしょう。天気予報がはずれて、昨夜からけさ方まで大荒れでした。五キロの重さの像を持ち運ぼうと思ったら、どうしたって抱えなければなりません。自分を泥まみれにしてまでイヤがらせするなんて、理屈に合いません」

「だから、なんだ」

話の途中から、オコゼが不機嫌になってきたのがわかった。

「ですから、あの像が故意に悪戯されたとして、わざわざけさやるイミはないってことなんです。やっぱり、なにか偶然のしわざなんじゃありませんか」

生徒会室が静まりかえった。わたしの心臓はあいかわらずバクバク音を立てていたが、天知百合子の、いやテンコの言い分を聞いているうちに、いろんなことに気づき始めていた。フジコちゃんの目から涙がぽろぽろ出てるのに目も鼻もちっとも赤くなってないこと、テンコに蹴られたスポーツバッグ、言い負かされた形のオコゼが金切り声に目配せをしたこと。

「ちょっと、崎谷さん」

合図と同時に、金切り声が言った。

「いつまでこの事態をほっとくつもりよ、あやまれって言ったの、聞こえなかったの？早くしなさいよ」

「そうそう」

オコゼが机にひじをついて言った。

「べつに、われわれだってコトを荒立てたいワケじゃないんだよ。あやまっちゃえば？悪いようにはしないから。とりあえず、きみがやったんだって事情がはっきりすればこっちとしても、新しい像を作るなりしてちゃんと対処するからさ。なにが起こったのかわからないと生徒会としても説明ができなくて困るんだよね。オトナになってもらえないかな」
なるほど、たしかにおっしゃるとおりだ。誰かがあやまってしまえば、いちおう、コトは丸くおさまる。ここはひとつ、わたしがオトナになって、頭のひとつもさげれば
――って、
「誰があやまるかーっ！」

4

こんな大声が出るとは。

今日はよく、自分で自分に驚く日だ、頭の片隅でそう思いながら、わたしは驚いてるのが自分だけではないのに気がついた。金切り声が引きつっているだけでなく、目の前のオコゼがつり上げられたばかりといった様子で口を開けたり閉めたりしていた。

「黙って聞いてりゃ、さっきから、なに。要するに、誰が犯人でもいいってことでしょ。てか、スケープゴートがひとり必要だってだけじゃん。で、わたしに志願しろってか。ふざっけんな、ことわる。ぜったいにことわる。なにがオトナになれだ、どうしても犯人がひつよーなら、この女にしとけばいーでしょ！」

わたしはフジコちゃんに歩み寄って、ハンカチをひったくった。案の定だ。目薬が隠れていた。

「さっきからめそめそ泣きまねして、なんのつもり」

目薬をオコゼの目の前に放り出して言うと、フジコちゃんはにわかにふてくされたような顔になったが、それでも小さな声で答えた。

「カンケーないでしょ」

「おおありよ。あんた、テンコの言ってること、聞いてたんでしょ。犯人が像をきれいにはがして持ち去ったってハナシが確かなら、いっちばんあやしーの、あんたじゃん。〈奇跡の人〉の像を誰がだいじにするよ。作ったあんたでしょーがっ」

「でも、だったらなんであたしがそのだいじな像をはずすんですか」

「知るもんですか。おーかた、あんた、オコゼにほれてんでしょ。像を作ってるフジコちゃんを会長がずっと見てたっていうことは、あんたらふたりきりだったたってことですよね？　ちがいますか、会長」

会長をにらみつけると、彼はびびったように身を引いて、

「あ、ああ。そうだけど……」

「ほら、それが動機よ。他の生徒会役員に恨まれずに、また会長とふたりきりになりた

くてこんなマネしたんでしょ。そーなんでしょ、どーよ！」

フジコちゃんは赤くなり、うつむいた。ちょっとかわいそうになった。この子もたぶん、わたしと同じだ。本音なんか言えない。周囲に波風たてたくない。いいひとっぽくふるまって、居場所を作って、そこにおさまって、でも裏でうまいこと動いて思い通りになるようにしようとした。気持ちはわかる。やりたくもないノートの写しやエアチェックやってたわたしと、あるイミおんなじだもん。みんなに好意を持ってもらいたいってのと、特定の誰かに好意を持ってもらいたいってのと、おんなじ。で、なんでも引き受けてたのも、像が盗まれたように見せかけたのも、おんなじなんだ。

金切り声をはじめ、他の役員がわたしの言葉を信じ始めたのがわかった。みんながフジコちゃんを見ている。フジコちゃんの心臓は、さっきまでのわたしより冷たくなってどきどきしてるんだろう。

でも、悪いけど、わたしも負けられない。負けるもんか。

「証拠はあるんですか」

フジコちゃんがわたしをにらみつけてきた。わたしはにらみ返した。

「あのスポーツバッグ」

わたしはさっきテンコがつまずいたバッグを指さした。

「あんたのだよね。なか、見てもいいよね」

「やめてよ」

悲鳴みたいに叫んで、フジコちゃんがわたしにつかみかかってきた。さすが、木像彫刻をするだけあって、意外と力が強い。わたしはフジコちゃんの足を蹴った。フジコちゃんはわたしの腕に噛みつき、わたしは彼女の頭をぶん殴り、はり倒され、かきむしり返し……。

「おやめになったらいかがですか」

テンコの声がして、われに返った。椅子に腰を下ろしたまま固まっている会長をのぞき、生徒会役員のみなさまがたはひとかたまりになって部屋の隅に避難していた。驚いたことに、ユーリまでがそのなかにいて、

「こえー。おめーら、こわすぎる」

と言った。コイツにだけは言われたくないセリフだ。

「スポーツバッグなら、こうして持ってまいりましたから」

テンコはにこにこしながら両手で重そうにバッグを抱えて近寄ってきた。フジコちゃんがわたしから手を離し、今度はほんとうに泣き出した。テンコはバッグを抱えたままよろめき、なにもないところで転んだ。

次の瞬間、バッグは弧を描いて机に落ちた。机の分厚い天板がばん、と音をたてた。バッグがおちたほうが下に沈み、会長が座っている側の天板がはねあがったのだ。はねあがった天板は会長の顎を直撃し、彼はアッパーカットを食らった形になって背後に飛んだ。

磯崎生徒会長の身体は、走り高跳びの選手みたいに開いた窓をきれいにすり抜け、下に落ちていった。

5

「おふたりとも、そんなに笑うもんじゃありませんわ」

テンコが悲しそうに言った。

「お気の毒に会長さん、わたしの不運のおこぼれに与《あず》かってしまわれて、あんなことになって。ひとの不運を喜ぶなんてよくありません」

「でもよお」

言ったきり、ユーリは涙を流して笑い続けた。

すでに二時をすぎ、放課後になっていた。あの騒ぎのあと、わたしたちは後始末に追われた。

会長の身体は灌木《かんぼく》にひっからまっていた。ユーリはすぐさま例の超ロングスカートを翻して二階から飛び降り、会長を救出した。泣き騒ぐだけの他の生徒会役員に業を煮やし、わたしは職員室に走って事故を知らせ、養護の先生が救急車の手配をし、筋骨たくましい男子生徒を数名かき集めて救急下山隊を組織するのを手伝った。

会長は幸いどこも打っておらず、ほとんど無傷と言ってもいいくらいだったのだが、数本の枝がズボンに食い込んでいて、ユーリが強引に会長の身体を灌木から引きはがした際、ズボンのほうは灌木に残ることとなった。——要するに、下半身はパンツいっちょになっちゃったわけね。

その格好で下山隊に抱きかかえられて山を下りていった会長を見送ると、今度はあまりのことにぽおっとなっているテンコの弁護をしなくてはならなかった。ホントにわざとじゃないんです、事故なんです——という説明を、最初のうち先生方はまったく、ぜんっぜん、信用しようとはしなかった。他の生徒会の連中がわたしたちを指さして、こいつらがやった、とヒステリックにわめき続けていたからなおさらだ。ムリもないけど。この目で見てたわたしだって、信じられなかったくらいなんだから。

先生方は、黒岩有理が会長を窓から投げ落とした、ってことにしたかったらしく——

そのほうがいかにもありそうだもんね――なんとかユーリに自白させようと骨を折ってたけど、テンコががんとして、

「申し訳ありません、わたしがやりました、警察を呼ぶんでしたらどうぞ」

と言い続け、だったら私が磯崎くんの代理をするからもう一度、なにが起こったのかやってみなさい、と石頭の教頭が言い出し、生徒会長が座っていた椅子に腰を下ろしたもんだからテンコがスポーツバッグを机の上に投げ落とし、まったく同じような顛末《てんまつ》が繰り返されて、今度は教頭が窓から下に落ちていき――ってところを、先生方がご自分たちの目で確認して、いやでもわたしたちの「供述」が事実だとわかったみたい。

わたしたちは問題の四合目近くの休憩所に座っていた。わたしは笑い疲れてぐったりとなり、しばらく心地よい沈黙を楽しんだ。

「で、あれは結局、なんだったんでしょう」

やがて、テンコが言い出した。

フジコちゃんのスポーツバッグに入っていたのは〈奇跡の人〉の像ではなかった。あたりまえだけど。わたしがけさ、ちゃんと目撃してるもんね。入っていたのはでっかい丸太だった。

「新しく像を作るために、フジコちゃんがはやばやと用意してきた材料だよ」

わたしは言った。

「古い像のほうは昨日のうちに持ち去ったんでしょ。で、たぶん張り子か何かでできたニセ物を置いておいたんだと思う。張り子ならカンタンに作れるし、軽いから風に飛ばされるし、水たまりかどこかに落ちればふにゃふにゃに溶けちゃうでしょ。それに、濡れればどす黒くなる。できてまもない白木の像が、雨に打たれただけでどす黒くはならないものね」

「そうですね」

「それに、フジコちゃんは像の紛失を誰かのイタズラで片づけるつもりだったんじゃないかな。ほら、像が消えただけだと、会長は今回みたいにイヤがらせって思う可能性が高いでしょ。でも、張り子のとすり替えられてたんなら、プラクティカル・ジョークみたいなものじゃない」

「プラ――なんだよ、それ」

「手の込んだ冗談ってことですわよね」

「木製の像が張り子の像にすり替わってた。そう聞かされたら、誰だよまったく、って大笑いして終わりってことになる。で、材料の白木ならまだあるから、新しいのを作ります、ってフジコちゃんが申し出て、会長とまた仲良くなるつもりだった」

「それしきのことで、えらいメーワクかけてくれたもんだ」

ユーリが指をぱきぱき鳴らした。

「あの女、今度会ったらただじゃおかねーからな」

「天気予報が思い切りはずれて、昨日の夕方から大雨になるなんて、しかもけさになって突風が吹いて張り子がどこかに飛んでっちゃうなんて、彼女は予想してなかったと思う。結果的にはおおごとになっちゃったわけだけど、本人にそんなつもりはなかったんじゃないかな」

「ふううん。それならすべて説明がつきますわね」

「まあ、本人に確かめたワケじゃないから、それが正解だとはかぎらないけどね」

さがせば張り子の像の残骸くらいは見つかるだろう、とわたしは思った。でも、そこまでして追いつめてもしかたがない。

ことがややこしくこじれて、無関係なわたしたちが責められているのを黙って見てた、それはやっぱりひどいことだけど。

でも、もしわたしがあそこであやまっていたら、フジコちゃんと同じように、テンコやユーリを見捨てることになりかねなかった。わたしをかばってくれたふたりをおいて、敵前逃亡しちゃったことになってた。

「それにしてもわっかんねーのはよ、ミサキ」

ユーリが言った。

「あの女、なんだってそんなシチメンドクサイことやったんだ？　像を作りたければとっとと撤去すりゃいいんだし、てか、その前にオコゼを押し倒せばすむ話じゃんか」

「わたしにもさっぱりわかりませんわ。ミサキさん、あのかたいったい、なにがなさりたかったんでしょう」

わからないだろうな、とわたしは思った。このふたりには、たぶん、わからない。

でも、それはどうでもいいことなんだ。平凡なわたしが言いたくても言えず、やりたくてもできないことをやれるカッコイイ女と知り合えたことにくらべれば、どうでもいい。とてつもなく不運なのに前向きで、ちゃんと他人をかばったり思いやったりできる女と仲良くなれたことにくらべたら、どうでもいい。

「冷えてきたよね」

「だな」

ユーリが言った。わたしは立ち上がった。

「あのさ、テンコにユーリ、下の〈よしの屋〉でお茶しよっか。もちろん割り勘だけど、それでよければ」

わたしはドキドキしながら、答えを待った。

卒業旅行

1

「なあ。いまの気温、どんくらいだと思う？」

ユーリが言った。わたしはマフラーに深く顔を埋めた。息が吹きかかるあたりが軽く凍りついていることに気づく。

「なあって。聞こえてんのかよ、ミサキ」

「正直、考えたくないんだけど」

「マイナス十度くらいじゃありませんか」

テンコが言い、ユーリがわめく一歩手前のささやき声になった。

「オメーは黙ってろ。動くと危ねーんだよ。いまにも足下崩れ落ちそうでさ」

わたしは左手にぐっと力を入れて体勢を整え、下を見おろした。見えるものと言えば降りしきる雪と、眼下に広がる森だけ。それと、ゆっくり移動している黒い影のみである。

深い静寂。聞こえるのはわたしたち三人の息づかい。相当寒い、はずなのだが、枝に逆さづりになったテンコを支えつつ、自分も樹にしがみつくという重労働のおかげで、服の内側は汗だくだ。一方で頬や手がかじかんでいる。

わたしたちがしがみついているのは、崖から虚空に向かって突き出た大木だった。ひょっとすると、もみの木かもしれない。もみの木は大好きだ。雪をかぶったもみの木はさらに好きだ。ただし、命がけで抱きつくには、いささかとげとげしている。状況を考えると、つるつるしているよりはマシなのだが。

「あの、わたしだんだん頭に血が下がってきてまして。一回転させていただいてもよろしいでしょうか」

逆さまのテンコが言い、ユーリが答えた。

「バカか。一回転したら頭は下のまんまだろ。やるんだったら半回転だろうが」

「ちょっと。動いちゃダメだって。いま動いたら、全員滑り落ちる……」

「半回転ですね。わかりました」

言うなりテンコは全体重をわたしとユーリに預け、頭の上の枝にひっかかっていた下半身を下へ落とした。その動きで大木が揺れ動き、梢の上から大量の雪がどばっと落ちてきた。テンコの体重に雪の重みが左手に一気にかかった。あとさき考えず、わたしは左手を引き抜いた。テンコのカラダがぐるっと回転して、伸びた足がユーリにアッパーカットをくらわした。

「テメー、なにしやがる」

やられたら三倍にして返す、を人生訓にしているユーリがテンコの足をつかんだ。両手で。同時にテンコのカラダは完全にもみの木から離れ、それと同時にわたしの左手をつかみ……。

わたしたちはもつれ合いながら、悲鳴をあげて落下した。

2

三人で卒業旅行に行かないか、そう言い出したのはユーリだった。テンコの大学入試がブジ終了した直後のことである。

「わあ、すてきですねえ」

テンコがおっとりと答えた。これまでの人生、一度としてまっとうに入試を受けられたためしのないテンコは、なにごともなく試験会場にたどりつき、問題なく受験できたというだけで、合否もわからぬうちから燃えつきており、お嬢さまらしさにみがきがかかっていた。雲の上をふわふわ歩いているような調子なのである。

金を稼いで近い将来、自分の居酒屋をもち、ばーちゃんに楽をさせたい、という進路希望を提出し、学校中の話題をさらったユーリはその野望を実現すべく、卒業後、横須賀の居酒屋でのバイト生活を始めることに決めていた。これにはわたしも驚いた。ユーリはその外見や性格と裏腹に、アルコールをいっさい受け付けない体質なのだ。が、未成年を雇う居酒屋があるくらいだから、下戸《げこ》の店主がいてもフシギではないのかもしれない。

「だろ？　春休みは全員忙しいからよ。来週の金曜日ガッコさぼって二泊三日。国内。近場。温泉。どうよ」

「温泉でなにをするんですか」

「なにすんのって、テンコ。オメーそれでも日本人かよ。日本人なら温泉だろ、なあミサキ」

「うん」

わたしは崎谷美咲という。成績・運動能力・容姿・身長体重バストヒップに靴のサイズまですべてが全国標準という、歩く平均値のまま十八歳になり、まもなく葉崎山高校を卒業する。看護学校に合格して、四月からは全国標準の看護師をめざすことになっている。

将来の進路が決まったことで、いきなり脳のしわが伸びたような気分になっているのはわたしも同じだ。

「温泉も悪くはないけど、せっかくの卒業記念なんだからもう少し華やかな旅行にしませんか。越後《えちご》湯沢《ゆざわ》でスキーとか、沖縄《おきなわ》なんていかがです？　ね、ミサキさん」

「うん」

「ミサキ、オメーどっちの味方なんだよ。やりたいことがあるならはっきり言えよ」

「うん。温泉も沖縄も、どっちもいいね」

「また、オメーは誰にでもいい顔しようとしやがって。沖縄は金がかかる。箱根《はこね》にしようぜ、あそこなら往復四千円程度だし、激安の温泉宿があるんだ。一泊三九九〇円、食事はバイキングで食べ放題、値段のわりにけっこううまいって」

「誰が言ったの？」

「なんか、ジミな芸能人が言ってた」

祖母と暮らすユーリは、旅番組と二時間サスペンスにめっぽうくわしい。のんびり湯につかっていられるはずもない性格のくせに温泉と言い出したのは、食べ放題につられてのことか。あいかわらずわかりやすい。

「よろしいですわねえ、食べ放題」

テンコがそう言って、行き先は決定した。

ところが当然ながらテレビを観るのはユーリだけではなく、予約をしようとすると、半年先まで満室という返事が来た。しかたなく財布と相談して泊まれそうな宿を片っ端からチェックしてみたが、どこもすでに満室であった。いっそのこと箱根以外の場所でもいいかと検索をかけたが、宿代が安いと行くまでに金と時間がかかる。

「日本はちっとも不景気じゃないじゃねーか」

ネットカフェで二時間すごしたユーリは、不機嫌に毒づいた。

「不景気だから安い宿から埋まってるんでしょ。一泊五万の宿ならまだ空いてるよ」

「バカ言え、誰が泊まるんだ、そんな宿」

「あ、このお宿なら泊まったことあります」

テンコがさらっと言った。

「泊まったこと、ある？」

「以前は父の定宿でしたの。各部屋に露天風呂がついていて、お料理もおいしいんです。でも三年前、軽井沢《かるいざわ》に別荘を買いまして、時間ができるとそちらに行くようになったものですから、しばらくご無沙汰しておりますわね」

「ちぇっ、さすがテンコお嬢さま。いいご身分だぜ。うちの家賃が一ヶ月五万円だっつーのによ。何泊したんだ？　なに、五人家族で三泊？　それじゃ全部で五十三万も払ったのか。クビしめてやろーか」

「なにその計算。七十五万円だよ。にしてもテンコちゃん、いいなあ」

「るっせーな、ミサキ。なんでこんな話聞いてレイセーでいられるんだ。七十五万あったら、当分は大家にイヤミ言われなくてもすむんだぜ」

「ユーリってば。いま反応するのはそこじゃないと思うんだけど」

「ああ？　どこに反応しろってんだ」

決まっているではないか。

そんなわけで、行き先は軽井沢に変更になった。テンコはお嬢さまらしくいやとは言わなかったし、ユーリは宿泊代がただ、しかもバスで草津《くさつ》温泉まで二時間の距離と聞いてはいやもおうもない。

雲行きがあやしくなってきたのは、出発当日の朝、東京駅のホームでテンコと顔を合わせたときである。

物事がスムーズに運ぶはずもないテンコのために、九時という待ち合わせ時間をテンコにだけ八時と言っておいたのだが、案の定というか、彼女は十時過ぎて現れた。その姿を見た途端、長野《ながの》新幹線のホームで凍えかけていたわたしたちは、言おうと思っていた文句をすべて忘れた。

「遅れてすみませんおふたりとも。あの、八時前に車で東京駅には着いたんですよ。着いたんですけど、荷物がその、改札を通らなくて。ムリに通ろうとしたら、これがお隣の改札を通ろうとしていた男の方の顔面にあたってしまって、あたりが血の海に……」

話はあと、ということでちょうど扉の開いた新幹線の自由席に飛び込んで席を三人分確保したのち、ユーリが訊いた。

「オメー、なんだそのシャベル」

テンコは耳まですっぽり覆う毛皮の帽子に長靴、もこもこのダウンジャケットとふだんの二倍ほどの大きさにふくらんでおり、大災害の被災地に救助活動に赴くような大荷物を携えていた。なかでもいちばんめだつのが、道路工事に使うような大型のシャベルで、

「別荘の道が雪に埋まっているんじゃないかと思いまして」

「雪に埋まってる?」

「軽井沢は先週から今週にかけて大雪だったそうですから。これがないと別荘に入れないかも」

わたしとユーリは顔を見合わせた。

「……あの、いまさらなんだけど、テンコんちの別荘って、そんなに人里離れてる

の？」

「いいえ、普通の別荘地の中にあります」

「なのに雪かきが必要なの？」

「表の道路はちゃんと除雪車が通ってくださってるらしいんですけど、敷地内は自分でなんとかしないとなりませんの。入口から建物まで、五十メートルくらいありますから。念のため、そりも持ってきたんですのよ」

そりとシャベルを強引に網棚に押し込んだ。バカでかいスーツケースを持ち上げていると新幹線が動き出し、わたしたちはあやうくスーツケースの下敷きになるところだった。

「このクソ重い……死体でも入ってるんじゃねーのか」

ケースの直撃を額に食らったユーリがわめいた。

「中身は防寒具と湯たんぽと毛布ですわ。カイロもたくさん用意しておきましたの。あと、凍結防止用の砂も」

「砂？　東京から砂？」

「重いわけだ、バカヤロー」

腕がちぎれるかと思うほど奮闘しているところへ、車掌がやってきて、そのスーツケースは網棚に入らないと指摘された。大きな荷物を置く場所に案内されてテンコが去ると、わたしは考え込んだ。考えてみれば、軽井沢は避暑地だ。要は寒いってことだ。冬に軽井沢だなんて、華やかどころか雪に埋もれに行くようなもの。それに今ごろ気づくなんて、どうかしている。

ユーリは駅弁を取り出してずらりと並べ、〈深川めし〉から始めて〈チキン弁当〉〈鯵《あじ》の押し寿司〉〈東京弁当〉と、なにやら決然とした様子で食べ進めていた。〈幸福弁当〉の卵焼きを一口に飲み込んだ頃、テンコが帰ってきた。車掌に付き添われ、白い顔をなお白くして咳《せ》き込んでいる。

「どうしたの」

「マフラーがお客様のスーツケースのキャスター部分に巻き込まれまして」

車掌は申し訳なさそうに言った。

「はずそうとしたらケースが倒れてきて、首を絞め上げることに。その、重くてなかなか起こせませんで……」

「死ぬかと思いました」

ひとしきり咳き込んだのち、座席にぐったりと倒れ込んだテンコに、弁当ガラを片づけたユーリが訊いた。

「ひょっとして、テンコんちの別荘に、住み込みの使用人っていねーのか」

「え？　いませんけど」

「てことは、駅についたら運転手が車で迎えに来て、行くとキャンドルの灯ったフルコースのディナーが待ってる、なんてこともねーのか」

テンコは目を丸くした。

「そんな、ドラマにでてくるような別荘じゃありませんわ。別荘地の管理会社に管理をお願いしていますけど、基本は自分たちでなんでもするんです。買ったばかりのときに家族で行ったんですけど、母と姉は二度と行かないって言ってます。着いたらいきなり家事しなきゃなりませんから」

「なんだよ。アタシはてっきり……ディナーのときはドレスとか着なきゃなんないんだと思って、知り合いのキャバ嬢に借りてきたのに」

それもまたすごすぎる気がしたが、今回ばかりはユーリを笑えない。わたしもてっきり、なにもかもやってくれるひとがいるものだとばかり思っていたのだ。

「考えてみたら、別荘に食事はついてねーよな」

「……うん」

「うん、じゃねーよ、ミサキ。それじゃ二泊三日、別荘で断食かよ」

「あ、それは大丈夫ですわ。父が管理人さんにお願いして、食料庫と燃料を満杯にしておいてもらってあるんです。おふとんも乾燥して、お掃除もしてあるはずですわ」

「そうか。別荘ってそういうこともしなくちゃなんないんだ」

「そうなんです」

テンコは優雅にため息をついた。

「家族のものは、ですから別荘なんて面倒なものはいい加減、手放したほうがいいと言っております。でも父は気に入っておりまして。ふだん縦のものを横にもしないのに、別荘では喜んで掃除などして楽しんでおりますの」

「あー、そういうとこ、いかにも金持ちだよな。ふだん雑用を他人任せにしてっから、雑用を趣味にできるんだろ」

ユーリはキオスクで買った冷凍ミカンとゆで卵を取り出して食べ始めた。わたしは素朴な疑問をテンコにぶつけてみた。

「けど、管理人さんが別荘に入ったってことは、入口から建物までの道がついてるってことなんじゃないの?」

「ええ、そうですわね」

「なら、雪かきの必要、あるの?」

テンコはぽかんと口を開けて、まじまじとわたしを見た。

3

ムダな大荷物に汗をかきつつ軽井沢駅に降り立つと、雪が降っていた。雪の少ない常春の葉崎から来た身には嬉しい光景だった。

きれいに除雪された駅前ロータリーにもそれなりの雪がある。ユーリは大声をあげてはしゃぎ、雪玉をわたしにぶつけてきた。真っ赤なダウンに真っ赤なブーツ、真っ赤なつけ爪に真っ赤な毛糸の帽子。葉崎にいても、いや、東京駅でさえめだちまくっていたユーリだが、雪景色の中ではそのコントラストで3Dのごとく、浮き上がって見えた。

わたしは負けじと雪玉をこさえてユーリに投げ返した。どういうわけか、その雪玉はユーリの頭上を越えてタクシーに向かって大荷物を運んでいたテンコの後頭部を直撃し、テンコはスーツケースの上に折り重なるように倒れた。なぜかスーツケースはその状態でするすると滑り出し、テンコは悲鳴をあげながらスーツケースとともにはるか彼方まで運ばれていった。

慌ててテンコのもとへ行き、助け起こし、大荷物とともに戻ってくると、ユーリはタクシー乗り場の真ん前で釜飯を食べていた。この旅行のために、ふたりでバイトをしたのだが、バイト代はとうに駅弁に消えてるんじゃないかと思う。

「噂には聞いてたけど、〈峠の釜飯〉ってうめーんだな」

荷物とわたしたちを積み、心なしか車体が沈み込んだようなタクシーが走り出すと、ユーリが嬉しそうに言った。

「うん、あれおいしいよね。わたしも買えばよかったかな。重いからあきらめたんだけど」

「アタシさあ、これまでに一度も駅弁って食べたことなくてさあ」

「え、一度も？」

「旅行なんて行ったことないから。修学旅行も金がなくて行けなかったくらいだろ。ばーちゃんは修学旅行費、貯めててくれたんだけどよ、全然たらなくってさ。で、今回この旅行のためにその金くれたんだ。好きなだけ食べてこいって」

「……ふうん」

「駅弁ってゼータクだよな。コンビニ弁当の何倍もしやがんの。卒業して店持つまでに何年かかるかわかんねーし、持ったってすぐ大もうけってわけにはいかねーし。アタシ、たぶんこの先、ババアになるまで駅弁食うチャンスなんかねーと思ってんだ。だから、今回は食って食って食いまくってやるんだ」

「まあ、えらいですわ、ユーリさん」

テンコがのどかな合いの手を入れた。ユーリは雪がスゲーやだの、もっと降るかなだのと子どもみたいに窓の外をながめていたが、急にこちらを振り返った。

「ミサキはどうなんだよ。オメーだって、しばらくは遊んでるヒマなんかねーんじゃねーの」

「うん。たぶん」

「なら、いまのうちにやりたいことやっとけよ。今回の旅行でもミサキだけやりたいこともしたいことも言わねーでさ。なんかねーの？」

真顔で見つめられて、返事に窮した。

「うん……」

「草津に行ったら、ガイドブックに載ってた花豆のもなかっての買いてーな。ばーちゃん、もなか好きなんだ」

タクシーの運転手が鼻をすすった。

あっという間に街を通り過ぎ、車は閑静な別荘地――というか、見た目には森の奥――に入っていった。よくよく目をこらすと、木々のむこうに建物が見て取れたが、なにしろ見渡すかぎり人影はなく、灯りも見えない。さしものユーリがだんだん無口になってきた。

別荘地の入口でタクシーを降りた。入口脇に管理人の住居らしい高床のロッジがあった。よかった、と思いながら階段を昇ると、入口に紙の札が出ていた。

『一時に戻ります』

「いま、何時？」

「十二時過ぎたところですわ」

重装備だと腕時計を見るのも一仕事だ。テンコがもがきにもがいたあげく腕時計を出し、わたしたちは顔を見合わせた。

「ここで待つの？　一時間も？」

言った瞬間、鼻水が垂れてきた。テンコが首を振った。

「鍵は持っておりますし、先に家に行きましょう。たぶん、場所はわかると思います」

「たぶん？」

「このメインストリートを道なりに行くと、左側に木彫りのクマが置いてあるんです。そのクマのところを曲がって三軒目がうちですから」

「まあ、それなら間違えっこないね」

わたしがシャベルとそりとユーリの荷物を持ち、ユーリとテンコがふたりがかりでスーツケースを押して、歩き出した。メインストリートはきれいに除雪されていて地面が見えている。こんな季節でも住んでいるひとや遊びに来たひとが皆無というわけではないようで、車の轍や靴跡が地面にしるされていた。それでも、生い茂った樹のおかげで、森の奥へ迷い込んでいるような感じが拭《ぬぐ》いきれない。

「うー、重い。ひでーな」

歩き始めて五分とたたないうちに、ユーリが文句を言い始めた。

「そうですわね。これ、管理人事務所に置いておいて、あとで車で運んでもらったほうがよかったかもしれませんわね」

「なにぃ？　そんな楽な手があるんなら、早く言えよ。ったくオメーはお嬢のくせにたいへんなほう、たいへんなほう、選びやがってよ」

「ユーリさんたら」

テンコはほめられたと思ったらしく、頬を染めた。

「でも、ほら、家に入れなかったときにこの道具が役にたつかもしれませんし」

「そーかよ。ま、いいけどさ」

ユーリとテンコはふたたびスーツケースを押し始め、わたしは、タクシーで家の前まで行けばよかったじゃん、というセリフを飲み込んだ。

メインストリートからは何本も横道が出ていた。むなしくそれを通り過ぎ、息づかいと足音、スーツケースが地面をこする音しか聞こえなくなってどれくらいたったか、ようやく道の左手にクマが出現した。よくできた彫刻で、真っ黒いクマが木の下にうずくまって寝ているように見える。

「ここで左に曲がる、だよな」

「はい。もう少しです」

疲労困憊しつつ、横道に入った。メインストリートにくらべると雪が残ってはいたが、踏み固められていて歩きやすい。

一軒目の別荘を横目で見つつ二軒目を通り過ぎた。そして……

「あらっ」

テンコが急に足を止め、勢いあまってユーリが転んだ。

「今度はなんだよ」

「ありません」

「ありませんって、なにが」

「うちの別荘」

「はあ？」

わたしとユーリは顔を見合わせ、そろって三軒目があるはずの場所へ目をむけた。そこには深い森林が広がっているだけで、建物は影も形もなかった。代わりに雪に半ば埋もれた看板があった。ユーリが近寄って雪を払い落とすと、一言『管理地』と書いてあった。

わたしたちは茫然とその場に立ちつくした。テンコはあたりを走り回って別荘がなくなっていると納得すると、真っ青になった。

「えっ、なんで？　どうして？　いったいなにが起こったんですか、ミサキさん」

「わたしに訊かれても」

「別荘が消えるなんて、ありえませんわ」

確かにありえないが、現実に別荘はない。

「もしかして、ゆうべのうちに火事で燃えつきちゃったのでしょうか」

「建物が完全に燃えつきるなんてありえねーよ」

「いえ、管理人さんがきれいに片づけてくださったのかも。有能な方だと父が言っていました」

「だったらテンコんちに連絡くれてんじゃねーか。なあ、もしかしてテンコんちの別荘って、組み立て式だったんじゃねーの。冬の間は傷むからしまってて、夏に取り出すとかさ。でもって、急にテンコが来ることになって、慌てて別の場所に建てちまったんじゃねーか?」

「そんな、いくらなんでもそこまで安普請じゃありません。組み立て式って、それじゃ建材はどこにしまっておいたんです?」

「知るかよ」

「そんな。無責任じゃありませんか」

「無責任はテンコだろ。こんなとこまで引っ張ってきてさ。じゃ、なんで別荘がねーんだよ。説明しろよ」

「ユーリさんたら、ひどい。ちょっと、ミサキさん。なんとか言ってください」

「そうだよ、テメー、どうにかしろよ」

わたしは手を挙げた。

「別荘が消えたんじゃなくて、道を間違えたんだと思う」

「は? 間違えてねーだろ。ちゃんと木彫りのクマのとこ曲がったじゃねーか」

「あのクマ、木彫りじゃなかったと思う」

「木彫りじゃなかった? そりゃ木彫りにしちゃよくできてたけどよ。毛なんかふわふわに見えたし。けど、木彫りじゃなかったら、なんだってんだ」

「つまり、ホンモノのクマだったと思う」

「ミサキさん、いくらなんでもそんなこと」

「そーだよ、どうして言い切れんだよ」

失笑したふたりに、わたしは泣きそうな声で告げた。

「こっちに、歩いてくるから」

ふたりははじかれたように振り返り、わたしが見ているものを見た。黒い、大きな生き物が白く息を吐きながら、いま来た道をこちらへやってこようとしているのを。

ややあって、テンコがものすごい悲鳴をあげて、道の奥へと駆けだした。ユーリが後に続き、わたしも泡を食ってふたりに続いた。

除雪された横道はすぐに終わり、雪深い森が広がっていた。テンコはためらうことなく森に踏み込み、ユーリもそれに続いた。全身赤いひとがいてくれて助かった。何度も転んで置いていかれそうになったが、ユーリを見失うことはなかった。やがて崖の上に出ると、テンコはものも言わずに大木によじ登り、ユーリとわたしもそのあとに続いた。

ある程度登って、支えになる枝になんとか落ち着いたとき、わたしは言った。

「ね、ねえ、クマが出たとき木に逃げてもイミないって聞いた気がするんだけど」

「ならオメーは降りるか」

「降りないけど」

「ちょっとテンコ、おい、どこまで登るんだよ、あぶねーだろ」

ユーリが言った次の瞬間、テンコの足がつるっと滑り、逆さまになってこちらに落ちてきた。わたしとユーリは絶叫しながらテンコのカラダをつかんだ。テンコはちょうど鉄棒を半回転したような格好で、わたしたちの目の前で止まった。

静寂。わたしはおそるおそる下を見た。右手は断崖絶壁。左手には黒い生き物が歩き回る姿。

動けない。

「なあ。いまの気温、どんくらいだと思う?」

息を殺して、どれくらいたっただろうか。ユーリが言った。わたしはマフラーに深く顔を埋めた。息が吹きかかるあたりが軽く凍りついていることに気づく。

「なあって。聞こえてんのかよ、ミサキ」

「正直、考えたくないんだけど」

「マイナス十度くらいじゃありませんか」

テンコが言い、ユーリがわめく一歩手前のささやき声になった。

「オメーは黙ってろ。動くと危ねーんだよ。いまにも足下崩れ落ちそうでさ」

わたしたちがしがみついているのは、崖から虚空に向かって突き出た大木だった。ひょっとすると、もみの木かもしれない。もみの木は大好きだ。雪をかぶったもみの木はさらに好きだ。ただし、命がけで抱きつくには、いささかとげとげしている。状況を考えると、つるつるしているよりはマシなのだが。

「あの、わたしだんだん頭に血が下がってきてまして。一回転させていただいてもよろしいでしょうか」

逆さまのテンコが言い、ユーリが答えた。

「バカか。一回転したら頭は下のまんまだろ。やるんだったら半回転だろうが」

「ちょっと。動いちゃダメだって。いま動いたら、全員滑り落ちる……」

「半回転ですね。わかりました」

言うなりテンコは全体重をわたしとユーリに預け、頭の上の枝にひっかかっていた下半身を下へ落とした。その動きで大木が揺れ動き、梢の上から大量の雪がどばっと落ちてきた。

わたしたちはもつれ合いながら、悲鳴をあげて落下した。

4

薪のストーブの上で、やかんがけたたましく鳴り出した。管理人さんがやかんをとってティーバッグを入れたマグカップに等分に注ぎ、そのまま渡してくれる。わたしたちは無言で受け取って、すすった。

「いやあ、それにしても、都会の子はクマを見たことがないんだねえ」

管理人さんがこのセリフを口にするのは何度目だろうか。言い返すことなら山ほどあった。わたしたちは神奈川県の片田舎・葉崎の子であって、都会の子じゃない。動物園でだがクマを見たこともある。

クマに見まごうほど黒くてでっかい犬を見たことがなかっただけだ。

自分のことが話題になっていると気づいた犬が、しっぽを振ってわたしのところにやってきた。こうやって部屋の中で見ると、おとなしそうかつ優しそうで、しかも賢そうに見える。が、どう見てもわたしより体重があって、のど笛くらい軽く嚙み裂きそうで、出会ったのが道だったらやっぱり逃げて木によじ登っていた——たぶん。

「それじゃ、なにかあったら管理人事務所に電話ください」

管理人は笑いを嚙み殺しつつ犬を連れて帰っていった。疲労困憊して声も出せなかったわたしたちは、熱い湯の入ったバケツに足をつっこみ、毛布をかぶった状態で彼らを見送った。

テンコの別荘は、犬が寝ていた次の道、ホントに木彫りのクマがある道を入ったところにあった。いい別荘だった。薪ストーブを少し焚いただけで、屋内はずいぶん暖かくなっていた。身体はみしみし音をたてているようで、あちこち痛かった。テンコに踏んづけられた左手も、落ちてきたユーリを受け止めるハメになった背中も、どこもかしこも。きっと身体中、青あざだらけにちがいない。

それでも一杯目の紅茶を飲み終わる頃には、ずいぶんマシな気分になっていた。わたしはバケツから出て足を拭き、新しいティーバッグを出して二杯目を入れた。食料庫には牛乳も砂糖もあったし、大きなアップルパイと板チョコも何枚かあった。

「思ったんだけどよ」

出してきたものを、全員でむさぼり食べた。ユーリが言った。

「明日、草津に行ったら風呂上がりに牛乳飲もうと思うんだ」

「はあ。いいんじゃありませんか」

テンコがフシギそうにユーリを見た。

「アタシはこれまで風呂上がりに牛乳飲んだこと、ねーんだ。銭湯に通ってた頃、牛乳飲みたがるとばーちゃんが困った顔してた。風呂代で精一杯で、牛乳買う金もなかったんだよな。いや、牛乳買う金くらいはあったのかもしんないけど、ちょっとしたぜいたくだって毎日やればえらいことになるからさ。でもまあ、あそこで死んでたと思ったら……」

「わたしも飲みますわ、牛乳」

テンコが決然と言った。

「でもって、時間湯っていうのにトライします。温泉治療のために、ものすごい熱い湯につかるらしいんです。以前は勇気がなくてできなかったけど、あそこで死んでたと思ったら……」

「よし。つきあってやるよ」

「お願いします」

ふたりはそろってわたしを見た。

「ミサキは？　オメーもなんかやりたいこと、あるんだろ。つきあってやるよ」

「おっしゃってくださいな、ミサキさん」

「人間生きてるうちにやりたいことやらなきゃな。オメーもそう思うだろ」

「そうですわ。なんでもおっしゃってください」

ふたりはじっとわたしを見た。

わたしは笑い出した。いったん笑い出したら、なかなか止まらなかった。床に倒れて、おなかを抱えて、全身が痛くて、涙を流しながら、本気で笑った。

コイツらときたら。どうかしている。早とちりで死にかけて、真顔で牛乳が飲みたいとか、風呂に入るとか、あそこで死んでたと思ったら、とか。どうかしてるよ、ほんとに。

「ミサキさん、大丈夫ですか」

「クマショックでおかしくなっちまったんじゃねーの。おい、しっかりしろよ。何か作ろうか。カレーくらいなら、アタシにも作れるぜ」

「もう少しお茶入れましょうか。ね？」

やりたいことなら、もうやってる。

ようやくおさまってきた笑いに隠れて、わたしは頬にこぼれてきた涙を拭った。

やりたいことなら、もうやってる。わたしのしたかったのは、こうして三人ですごすこと。卒業までのわずかな時間、一緒にすごすこと。

それだけだ。

潮風にさよなら

〜新装版のあとがきにかえて〜

「こんな言い方、不謹慎かもしれませんが、小ぢんまりしていいお式でしたわね。親しい人だけで、ゆっくりとお見送りができましたもの」

砂浜へ降りていく石段の途中で立ち止まり、目を真っ赤にしたテンコが言った。縁飾りのついた真っ白いハンカチは、テンコの涙で湿っていてなかなか広がらない。喪服の裾を抑えながらようやく座ろうとした瞬間、ハンカチは風にあおられて海の方へと飛んでいった。

人って案外変わらないなあ。砂に足を取られながらハンカチを追いかけるテンコの後ろ姿に、わたしは思った。葉崎の砂浜もだ。春は過ぎ、夏にはまだ早い海は、チラチラと光りながらわたしたち三人が高校時代を過ごした当時そのままに打ち寄せてきた。乾いた目に潮風がしみた。

あれから何年たったんだっけ。

わたしは石段に腰を下ろした。テンコの高級な喪服と違い、わたしのは洗濯機で丸洗いできる。高校卒業後、念のため用意しておかないと、と母が量販店で買ってくれたのだ。幸い、喪服は出番のないまま月日がたち、クローゼットの隅で静かに劣化していた。昨日までは。

ハンカチに追いついたテンコが体勢を崩し、砂まみれになったのを横目で見ながら、わたしは斎場《さいじょう》で受け取った香典《こうでん》返しの紙袋をのぞき込んだ。葉崎東銀座のお茶屋さんの店名が小さく入った包みと、葬式饅頭らしい白い箱が入っていた。そのどちらにも「黒岩家」と薄墨で書かれた熨斗《のし》紙がかけられていた。

人って案外変わらない?

そんなわけない、か。

わたしはもう高校生ではない。看護師として忙しく働き、葉崎で暮らしているのに海を見るのは数ヶ月ぶりだ。人の生死を間近にする仕事だが、それがわたしの日常になっている。

勉強ができて、美しいが運の悪いご令嬢だったテンコは、相変わらず運が悪く美人だが、司法試験に五年連続で落ち、昨年ようやく合格した。受験の時と同じように不運が続いたのかと思ったら、法律用語って覚えるの大変なんです、と通夜の席でこぼしていた。

それを聞いて思った。プラスだマイナスだゼロだと言ったところで、地球の片隅の、日本の片隅の、神奈川の片隅の、葉崎の片隅の、井の中の蛙たちの話だったんだなあ、と。小さな世界のささやかな個性を、わたしたちはなんと重大にとらえていたことか。

こんなにも広い太平洋を毎日、眺めていたというのに。

不意に耳をつんざくような爆音がこちらに近づいてきた。やがて、海岸通り沿いをわざとらしくエンジンをふかしながら、十数台のバイクが行き過ぎた。数日前、無謀運転でユーリの店に突っ込んだ連中の仲間だとは思わなかったが、腹が立った。ケガはしなくていい。死ななくても、もちろん、いい。ただ、バイクは完膚《かんぷ》なきまでにクラッシュしてしまえ……。

「あらっ、ミサキさん。お葬式饅頭ひとりで食べ始めちゃうなんて」

真っ白いハンカチを手にしたテンコが戻ってきて咎めた。

「なんだか、お腹すいちゃって」

「泣きながら食べちゃダメですよ、喉に詰まります」

「だって。だってさ……」

ひどすぎる、とわたしは思った。ユーリは頑張っていたじゃないか。高校を卒業してからずっと、いずれは自分の店を持つんだ、育ててくれたばーちゃんに楽をさせてやるんだ、って。今年に入ってようやく、念願叶って店を出したばかりじゃないか。それなのに。

「大丈夫です。ミサキさんの気持ちはきっと、ユーリさんにも伝わります」

テンコの目からも新たな涙が噴き出し、ポタポタと砂に垂れた。わたしは我慢できずにしゃくりあげ、鼻をかんだ。潮騒に混ざって、ユーリの声が聞こえてきたような気がした。

「おい。なんでおめーらが泣いてんだよ」


「なんでおめーらが泣いてんだよ」

喪服姿のユーリが石段を駆け下りてきて、呆れたように繰り返した。

「泣きたいのはアタシのほうだろ。ばーちゃんが危篤だって連絡が来て、客追い出して店を閉めて、病院に駆けつけて看取ってさ。まだばーちゃんがあったかいうちに、棺桶の値段がどーこー言い出した葬式屋シメてたら、店にバイクが突っ込んだって報せだよ。泣いてるヒマもないっつーの」

ユーリは猫のように伸びをして、石段に座った。赤い髪は金髪に変わり、ピアスの数は増減を繰り返して元に戻った。相変わらず人目をひくが、今日はクマができ、頬がこけて見えた。この数日ほとんど食べていないのだろう。わたしは葬式饅頭を差し出した。

「何度も言うようだけど、ホントに大変だったね」

「実際、参ったよ。店、完全にズタズタ。盗んだバイクを無免許で乗り回して事故ったヤローは、当然保険にも入ってない。それになにより、もうばーちゃんがいない。ま、逆にスッキリしたもんだけどね。店も仕事も家族も食欲も、なにもかもなくしてさあ」

ユーリは顔を歪めて受け取った饅頭を弄んだ。テンコが眉を逆立てた。

「なにを言ってらっしゃるんです。もしお祖母さまの危篤の報せが来なくてそのまま営業を続けていたら、お葬式は一つじゃすみませんでしたわよ」

「お祖母ちゃんが助けてくれたんじゃないの？」

わたしも言葉を添えた。

「このタイミングはひどすぎると思ったけど、考えてみたらユーリの葬式じゃなくてよかったよ。ホントによかったよ」

ユーリはしばらく黙っていたが、やがて饅頭を割ると、なにやら口の中で言って食べ始めた。テンコがハンカチを広げてようやく座り込み、自分の葬式饅頭を取り出した。途端にトンビが現れて、わたしたちの頭上を旋回し始めた。

ユーリはなんと言ったのだろう。なにもかもってわけでもないか、と言ったように聞こえたな、と思いながら、わたしは潮風を深く吸い込んだ。

本書は、二〇一〇年十一月にポプラ社よりポプラ文庫ピュアフルとして刊行された作品の新装版です。「潮風にさよなら」は書き下ろしです。

プラスマイナスゼロ

若竹七海

2019年 7月 5日 第1刷発行
2019年 7月26日 第2刷

発行者 千葉 均
発行所 株式会社ポプラ社
〒一〇二-八五一九 東京都千代田区麹町四-二-六
電 話 〇三-五八七七-八一〇九(営業)
〇三-五八七七-八一一二(編集)
ホームページ www.poplar.co.jp
フォーマットデザイン 緒方修一
組版・校閲 株式会社鷗来堂
印刷・製本 凸版印刷株式会社

N.D.C.913/231p/15cm
ISBN978-4-591-16359-7
落丁・乱丁本はお取り替えいたします。
小社宛にご連絡ください。
電話番号 〇一二〇-六六六-五五三
受付時間は、月～金曜日、9時～17時です(祝日・休日は除く)。

P8101385